云朵的道路

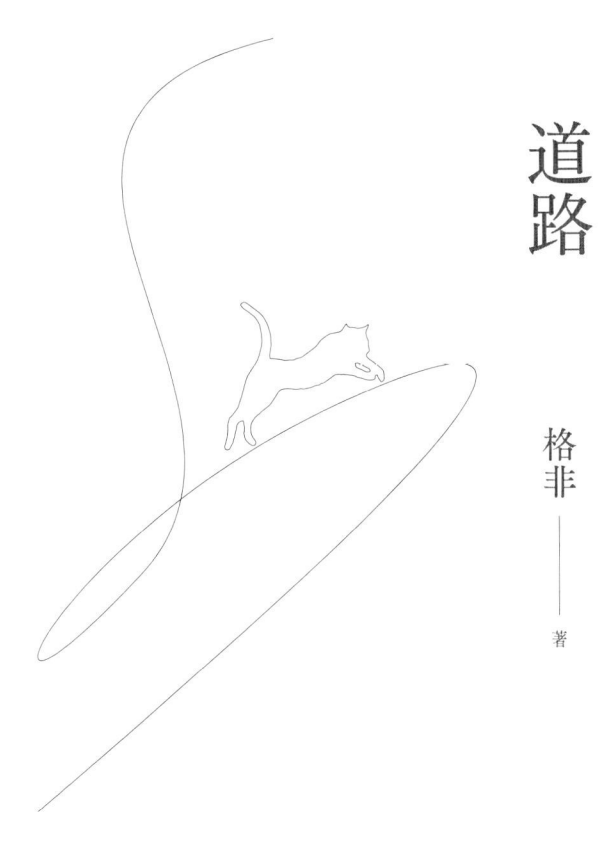

格非
著

北京出版集团
北京十月文艺出版社

新经典文化股份有限公司
www.readinglife.com
出 品

目录

道路	1
《伊芙琳》	19
情感	33
文学的真知	49
动物们	69
意外的重逢	91
公子重耳的归乡之路	115
自动化生存	141
蕉叶覆鹿	167
佩涅洛佩的编织：记忆与遗忘	183

没有开启的愿望、决心和行动，
就不可能有所谓道路。

道

路

1

去年初夏的一天,我回老家看望母亲。

因家中只有两间房,母亲和照顾她起居的弟弟各处一室,我就在网上订了一间快捷酒店的客房。它离母亲住的小区不远,矗立在刚刚竣工的"航空小镇"那细碎而明亮的灯火之中。晚上喝了太多的酒,外出散步时,我在惝恍的醉态中越走越远。

直到一片黑魆魆的树林挡住了去路,我才意识到自己迷了路。

一阵突如其来的急雨,从田野和林间沙沙地漫延过来。我不得不窜入路边公交站的塑料顶棚下避雨。我在站牌下静静地吸着烟,心里并不慌乱。凭着直觉和残存的记忆,我知道这一片如今已变得极其陌生的地域,距离我自童年时代生活了十六七年的村庄不远,尽管那个村庄早在二十年前就已被夷为平地。

我听着顶棚上密集的雨声，左顾右看，怎么也无法辨明自己身处何地。我本想打电话让弟弟开车来接，随后又改变了主意。

无论如何，一个人是不可能在自己的故乡迷路的吧。

除了偶尔疾驰而过的快递小哥之外，街道上几乎看不见什么人。不远处的十字路口，红色、黄色和绿色的信号灯，交替着在湿漉漉的马路上投下斑驳的光影。夜已渐深，马路两侧的厂房、商店、街心公园的人工湖面、货摊、食肆以及正在施工中的居民小区，都已浸没在黑暗之中。唯有一排排柿黄色的灯柱，纵横交错，衬出了棋盘似的城市街道。

我呆呆望着在灯柱上方腾起的空濛水雾，一时找不到什么可以与过往记忆通联的标志物。奇怪的是，我在站牌下躲雨的这段时间里，没有任何一辆公交车在这里停靠。在阒然无声的静寂中，我忽然悲哀地想到，好像有什么东西，带着某种恶意，一心要把我与记忆中的家乡隔开，将过往的一切，锁闭在陌异昏暗的雨幕之中。

最后，当我幸运地从街道旁矗立的路标上，看到"厚畀路"三个字时，不由得长长地松了口气。所谓"厚畀"，不过是"厚角"的旧称——我似乎曾听老家的人说过，"厚角"之所以被改回它的古称"厚畀"，是为了让这个早已消失的村庄听上去显得"更有文化底蕴"。这么说，我在雨中驻足的这个地方,正是记忆中熟稔而亲切的"厚角"地界。

当我确凿无疑地意识到自己所处位置的时候,低落的情绪一扫而空,一时间竟有些亢奋,酒也醒了大半。而我的眼前,立刻就敞开了一条在田野中延展并逶迤远去的道路。

2

从我们村庄到厚角的直线距离,不到五华里。因厚角村地势较高,那条在田畴中被人踩得发白的道路,远远看上去,就像一条被放倒的梯子。

夏天时,如果雷雨从南边来,我们站在村口,就可以看见黑沉沉的雨云沿着那条小道,一点点地压过来。冬天下雪时,白花花的雪原上,一条铅灰色的细线,似有若无地伸向天边,线上挂着的三三两两的行人黑点,初一看,几乎凝滞不动。到了晚上,皎洁月亮,总是从道路两侧自东向西,开始它的例行巡游。而当太阳的位置正好处于道路顶端的蘑菇房上空时,差不多就是正午时分。

村里的人去到厚角,除了走亲戚之外,通常只有以下两个理由:碾米或路过。

进村时,必得穿过一条短巷。巷子口紧挨着一处圆形的池塘,方圆几十里唯一的碾米加工厂,就耸立在池塘的东南角。要从巷子口抵达高处的碾米厂,就会经过一条令人望而生畏的坡道。母亲推着独轮车去厚角碾米，我和弟弟时常在车前替她拉绳背纤。

更多的时候，我们前往厚角村，不过是打那儿路过，去到更远的唐村、石桥、姚家桥、华山、埠城，乃至奔牛、丹阳和常州。如果我们启程前往江边码头，并从那儿摆渡过江去扬中的外婆家，厚角就是漫漫长途的第一站；而如果你想去华山赶集的话，到了厚角，就已经走了一半了——站在碾米厂边的高坡上，一眼就能看到集市上的那棵六百年的白果树。

我们家在厚角村没有亲戚。尽管我无数次地路过那里，却对那个村庄的格局，对于那里的人和事，没有什么太多的印象。我所熟悉的，唯有那条小路。如果硬要较真的话，我也可以认为根本就没有去过那里。

我幼年生活的那个小村庄，犹如一个孤岛。包围着它的，是绵延的田野以及像毛细血管般密集交错的道路。从理论上说，这些道路可以带你前往任何你想去的地方。

你去丁岗镇，是为了去那儿的公共澡堂洗澡，或是去集体供销社购买布料和日用品；你每年清明节都会去一次大路镇，是为了登上圌山的报恩塔，俯瞰烟波浩渺的长江；你去到一个名为"山脚下"的小村庄，是为了给祖父的一个腿脚不好的外甥传口信；你频繁地去往大港镇，是因为你的伯父和姑妈恰巧都住在那里；你去北角村，多半是为了去表姨丈的一位姐姐家做客。你去五峰山的绍隆寺陪母亲烧香，去黄日观逛庙会，去不知名的村庄围观因触电或溺水而亡的死者，去所有大大小小的村庄看露天电影……

应当说，我的所有的童年记忆，首先是与蛛网状随处延伸的乡村道路联结在一起的。如今，无论是厚角，还是散落于各处的寂静山村，包括村庄之间迷宫般的道路，都早已夷灭无闻。所有的过往、历史和记忆，犹如一个不能出口的秘密，被封闭、收束在了城市街道的一个可疑的路牌中。

一个事物消失了，就是为了给新生事物腾出地方。而新事物的到来，只是为再次的消逝预做准备。道路，不过是个印迹，它可以随时被抹去并得到重写。

唯有作为基底的"大地"岿然不动，缄默不语。

3

《人面桃花》故事的起始点源于一个名为"普济"的寂静江村。事实上，我外婆家所在的那个村子就叫普济。它有三个挨得很近的村落连成了一体：普庆、普丰和普收，合在一起就叫"庆丰收"。

这个名为普济的村庄，坐落在长江环绕的一片沙洲上，地势低洼，遍地竹林。村庄呈狭窄的长条状，两边各有一条南北向的河流，将它夹在了当中。河道上的用泥土堆成的堤坝，就成了村子通向外界的一条条道路。

普济村的每一户人家，都隐伏在茂密的竹林中。那些覆盖着稻草的泥坯房，也有着大致相同的格局和规制。到了过年时节，家家户户飘出来的做饭的香味都是一样的。小时候，我每次去外婆家做客，不论是走在村子的东侧还是西侧，总会有一种本能的紧张、眩晕、乃至恐惧：眼前那一条条横亘在河流上的平行道路，究竟哪一条路通往外婆家？如果没有母亲领着，我和弟弟因走错人家而闹出笑话的事，也时有发生。

我想，《人面桃花》中的那个连蜜蜂都会迷路的"花家舍"，大概就是儿时那种眩晕感的馈赠吧。有时候，事物的复杂性，往往并非来自它的眼花缭乱或杂乱无章，反而源于它自我复制的整齐划一。

二〇〇三年春天，我在韩国南部的庆州动笔写作《人面桃花》时，其实并没有认真思考过道路、村庄与场所之间到底是个什么关系，所有的地点、人物和事件都像是"自动"展开的。通常，哪里出现了村落、河流、溪涧、山丘、沟壑以及远近不同的场所，哪里就会有一条条道路将它们联结在一起。对我来说，这是再自然不过的事情了。

在这部小说问世后的二十年间，从未有人就小说的"地理线索"提出过任何问题。不过，等到它前年被译成日文时，庆应义塾大学的关根谦教授以他一贯的严谨和细致，终于开始认真琢磨村庄、道路、风景标志物与地理方位之间的空间关系了。他先是画了一张陆秀米家的草图，逐一标示出院落、正房、东西厢房、天井、账房、假山、凉亭、荼蘼架以及柴屋的位置，接着，他给我发来一个微信，让我帮他核对一下小说中所涉及的主要场所、地点与道路之间的地理关系，并列出了令他感到疑惑的一些问题。虽说我没有重读自己作品的习惯，但也不得不放下手中正在做的事情，在搁笔近二十年后，立即开始重读这个作品。

还好，由于漫长时光的间隔，这次阅读并没有让我感到任何不适。打个不太确切的比方，我就好像是在阅读别人的作品一样感到轻松自在。不过，这次重读和核校，不仅帮我修正了有关地理方位的一两处错误，也给了我许多全新的体验，并促使我对久存于心中的一些问题展开了思考。

比如说，我意识到，在小说中"自然生长"的道路，与各处场所、地点或风景标志物之间的关系，若是按照严格的现代地理观念来考量，是很难完全准确地进行还原的。因为，传统地理关系源于一种习焉不察的估算和"寻视"，而非测量与定位。

另外，我意识到，不论是从实际功能方面，还是从隐喻和象征意义的层面，"道路"一词的意义，在今天都已经发生了令人吃惊的变化。换句话说，"乡村道路"所隐含的意义，与今天常见的城市道路完全不同。在过去，如果说"道路"预示着人的命运的话，到了今天，道路已被简化为了

"规则"或"法则"。而在日益繁密的规则和法则的约束下，原子化的个体，实际上已经没有任何命运可言了。

4

道路有宽有窄，有直有弯，有平坦有崎岖，但若要说到衡量道路的最重要的指标，或许只有两个，那就是"方位"和"距离"。而这两者，在传统的乡村生活中都是相当模糊的。

当你经由某条路，由一个村庄走向另一个村庄的时候，有时候免不了会停下来问路。如果你问的是"怎么走"，人们的回答，通常不会涉及东南西北的具体方位。他们可能会说，看见前面那个磨坊了吗？过了磨坊之后，就可以望见不远处的那条小河，河上有一座单边护栏的石桥，过了桥之后，即可见到一座耸立在竹林边的寺庙，到了寺庙跟前，你再找人问。

在《金瓶梅》的第六十八回，陈敬济就是如此这般地给玳安指点道路的。

也就是说，当人们在给你指路时，方位并不重要。其着眼点往往是道路上的标志物。这种指点路径的方式，可以被概括为"某物后面有某物"。

而如果你问的是距离目的地还有多远，人们大概不会用5公里或3.5公里这样的长度概念来预估距离，而是直接把距离换算为更加模糊的时间概念:"约莫一袋烟工夫"或者"就到了",甚至是"还得走上一阵子"。

那么,"一袋烟工夫"到底有多长,这恐怕涉及到你对于抽烟速度的大致估算,而"一阵子"则可长可短——你可以理解为十分钟,半个小时,当然有可能是一两个小时。这取决于你对指路人语气如何判断。

这种大差不差的对距离及方位的理解,所忽略的正是"道路"本身。相对来说,标志物与场所是恒久不变的。从根本上来说,"道路"不过是两个标志物之间的一片虚空。它可以存在,也可以不存在。可以这样存在,也可以那样存在。

在传统的乡村社会中,除了为数不多的官道、驿道和通衢大道之外,绝大部分的道路都是可以权宜变化的。你可以选择人烟稠密的"康庄大道",以避开强人剪径的"猛恶林子",遇有急事,也可以偶尔"抄近路"。你如果害怕村口的大黄狗,也可以从村旁的田间小道"斜刺着穿过去"。有时候,你走着走着,路就断了。但路断了,并不表示无路可走。有时,你被一条又宽又深的沟堑挡住了去路时,仍然可以发现沟堑的草丛中的羊肠小路,以及沟底水流中预先有人垫上的砖头、石块或树干。在我的儿时记忆中,很少有什么道路是坚实、平坦,一通到底的,你总得不时跨越随时可能出现在眼前的沟沟坎坎。

因此,道路可以被看作是,在"寻视"的意义上,将不同的标志物、目的地串联在一起的结缔组织。重要的是联结，而非道路本身。在乡村社会中，道路绝非是严格布局和精确测量的产物，它带有某种随机性乃至任意性，因为没有什么地方是不可抵达的，也没有什么障碍是不能越过的。只要有人，就会有人积聚的部落或村庄，就会有劳作、娱乐或游戏的一个个场所。在这些目标物或场所之间，道路随时随地被行人的脚步"开启"出来，扩展、交错、延伸，成为越来越多的人遵循沿袭的某种踪迹。

如果被开启的道路很久没有人走，它也就渐渐地荒废，其踪迹或被时间抹除，或被杂草覆盖，最后无一例外地被一望无垠而总是沉默不语的大地回收。

乡村道路的这种模糊性、随机性和任意性，所象征的是生存本身的无规定性。而所谓的人的命运，正是这种无规定性的产物。人在一生中所经历的，不是可以被精确测量并被预先知晓的均质化时间，而只是一种"绵延"。在绵延之中，你选择什么样的道路，就会有怎样的命运。它无法被确切地预知，也充满了神秘莫测的变数。

在《没有个性的人》中，罗伯特·穆齐尔曾经区分过人类社会两种截然不同的"历史道路"。

其中之一是"台球"的道路——它一旦被击出，只能一味向前，伴随着一个不可改变的既定轨迹。不用说，我们今天就行走在这样一个被计算出来的、可以提前预知的，甚至是不可更改的道路上。当然，从某种意义上说，它也是无命运的。

另一条则是"云朵"的道路。云朵在聚合、离散和移动时的轨迹是不可预测的。它可以走走停停，也可以站住不动；它可以快速移动，也可以四下张望；它可以在一个瞬间突然消失，也可以在下一个瞬间重新聚合；它想去某个地方，但命运或许最终会将它带往另一个完全陌生的地域。

不久前我与一位友人在北京有过一次公开对谈。在回答听众有关"人生道路"的提问时，他不假思索地这样说道：在我们小时候，没有多少道路可供选择，可你仍会觉得生命有无穷的可能性。而在今天的社会中，道路随处可见，但你反而时常会觉得无路可走。

我觉得这位朋友也是从"踪迹"与"开启"的意义上来理解道路的。没有开启的愿望、决心和行动，就不可能有所谓道路。

5

《景德传灯录》卷十中，曾记载过一桩著名的禅宗公案。

一位僧人在云游途中，向一位婆子打听去五台山的路该怎么走。老婆子的回答是：蓦直恁去。僧人听了婆子的话，转身就走了。婆子在他身后又说了一句："又恁么去也！"

僧人大概是觉得婆子的这两句话不好理解，等他到了五台山后，就把这件事告诉了禅师赵州和尚。赵州禅师当时没说什么，到了第二天，他决定去实地查看一下。他找到婆子后，问了同样的问题，婆子照例用"蓦直怎么去"来回答他，随后也发出了那句让人不明所以的感慨。

不过这一次，赵州禅师不仅立即就明白了婆子的心迹，而且对这一问答中所包含的"禅理"已了然于胸。

那么，在婆子与僧人（包括赵州和尚）的一问一答之间，到底发生了什么？

而作为参禅悟道的方便法门，佛门中人大多是从"无须迂回，直悟本性"的意义上对它加以解释。这个典故在后世的流传中，文人雅士也竞相引用，有时不免望文生义，强为之解，赋予了这则公案越来越奇妙深奥的义涵。

但我还是愿意在最简洁朴素的意义上来理解这个公案。

"蓦直去"的意思就是"径直去""直接去"。从赵州禅师第二天便能去找婆子问话这一事实可以知道，僧人在向婆子问路时，他距离目的地五台山或许已经很近了。从婆子当时的心境来看，既然目的地已近在眼前，却还要向人问路，岂不可笑？她的回答"蓦直去"显然带有一定的玩笑成分。虽是玩笑，但"蓦直去"这三个字其实并不简单。它既有实指意义，也就是径直去，直接走过去，同时也有譬喻意义，似乎在讽刺僧人一味寻路，却对简单直接的答案本身视而不见。

也就是说，婆子在开了句玩笑后，本想接着给他指点具体路径。可没想到僧人居然是在实指意义上来领会这三个字的,将玩笑误认为答案,于是转身便走。婆子只得把他叫住,并说了第二句话:"又怎么去也!"

"又怎么去也!"的言下之意是,您就这么"蓦直去"啦?或者,"您如此这般地'蓦直去',真的能走得通吗?"

后来者在研习这个公案时,几乎无一例外地把这个婆子塑造成道行极深的"禅者",其实大可不必。在我看来,这个婆子不过是一个寻常农妇,在日常遇合中说了两句平平常常的话而已。

但一个平常的人所说的平常话中,也有可能蕴含着至高的义理。

在我的童年记忆中,"蓦直去"一类的话时常可以听到。在前往目的地的路上,只要你愿意,也随时可以丢开迂回盘曲的现成道路,朝着自己的目标"蓦直去"。不过,在今天的城市生活中,这样的事情基本上不会发生。"蓦直去"这个概念,以及其中所包含的意蕴,也早已被我们遗忘。

相对于乡村道路,现代城市的交通网络是按照一个全新的逻辑建立起来的。有关道路的观念,也发生了根本的变化乃至颠倒。

在过去,总是先有人的居住或活动,才会有房屋、村舍和形形色色的场所。而场所之间的道路,最后才会被一步步地开启出来。而在当今的城市中,特别是那些现代化的工业园区,道路总是会被先行规划并预先修建。道路通向哪里,哪里就会出现厂房、民居、商店,最后抵达的才是人。

当然也有极端的例子。马路、街道修好了,商品房小区建立起来,配套设施完工了,由于这样那样的原因,却完全没有人群向那里聚集。于是,那块地就撂了荒,随即无人问津,杂草丛生。

现代的城市道路,意味着某种既定法则。恩格斯在《英国工人阶级状况》中曾经揶揄说,麇集在这条道路上互不相关的人,如果说有什么共同的默契,那就是"行人靠右"。如今的城市街道上,装有密集的红绿灯和各类监控系统,道路中间还有金属隔栏,不要说在行人与目标物之间,你就是想过条马路,都无论如何没有办法"蓦直去"的。

同样的道理,就算卡夫卡笔下的 K 能够看得见近在咫尺的城堡,他也只能在城堡之外徒然耗费一生,始终不得其门而入。

6

在鲁迅先生的小说《故乡》的结尾处,有这样一段看似平常却饶有深意的话,常常被人们作为励志格言来引用:

> 希望本是无所谓有，无所谓无的。这正如地上的路；其实地上本没有路，走的人多了，也便成了路。

这段话的意思十分清楚明了，本来无须对它加以专门分析。不过，自从初中时读到这句话之后，几十年来，它一直深深地印刻在我的意识之中。咀嚼、琢磨的时间一长，也会让我无端地生出一些不一样的感慨来。

首先，一个没有传统乡村生活经验的人，一个没有在无名大地上踩出蹊迹的人，大概是不太可能写出这样的话来的。

其次，不管那时鲁迅先生的心境有多么的绝望，从"蓦直去"的意义上说，这段话还是有些禅意的。只有当人真正理解地上原本并没有路，或者说，路是"无所谓有，无所谓无"的时候，你才能体悟到"行动"或"行走"的作为中，所隐含着的意向性、自由、创造力与生命意志。"路"的重要性，从来都不在"迹"，而是在"走"。正因为这个原因，鲁迅先生很少正面回答"有没有希望"一类的提问。因为希望之有无，要看你怎么走。

最后，鲁迅先生的这段话，也可以帮助我们来思考所谓的"道路"，与承载着它的"大地"，到底是一种什么样的关系。

在汉语中，用来表达道路的词汇有很多（严格来说，道和路的本义也有所不同），诸如途、径、蹊、衢、阡、陌等，各有其特质与所指。另外，汉语中很少会有什么词汇像"道路"那样，有着如此丰富复杂的引申或象征含义。

而从道路一词演化而来的"道"，既可以被理解为通达目标的路径或手段，也可以被解释为事物的一般规律、道德律令、真知或真理，甚至也可以用来指代语言或言说。

无论是实指或本来意义上的"路"，还是引申或象征意义上的"道"，它的所指无非是全部的人类活动在大地上留下的印迹。

在《艺术作品的本源》一文中，海德格尔将"道路"直接表述为世界的本质呈现。简单来说，道路即"世界"。但"世界"并不是"大地"。所谓"世界"，当然是人的世界。但"大地"却并不是专门为人类准备的，它是世界的建基之所和承托者。"世界"消失之后，"大地"依然会存在。

按照海德格尔的看法，大地始终是它应有的样子，并处于漠然的锁闭状态，一直保持沉默。而建基于大地之上的道路，则意味着开启、澄明、解蔽和敞开。在世界与大地相依为命的争执与合作中，人的生命历程既是有迹可循的道路，同时也意味着生生不息的创造、自由与无限的潜能。

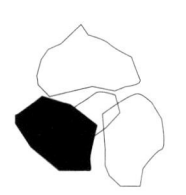

希望和解脱要么在完全陌生的"远方",
要么不在任何地方。

《伊芙琳》

1

在决定离家出走的前夕，十九岁的百货商店女职员伊芙琳，坐在自己家的窗口，头靠在窗帘布上，鼻孔里满是灰尘的气味，凝视着暮色四合的林荫道，也回望着自己的过去。

这是詹姆斯·乔伊斯短篇小说《伊芙琳》开头时描述的场景。

混凝土的街道尽头，有一条煤屑路。那里曾是一片空旷之地，童年时代的伊芙琳和自己的两个弟弟哈利、厄内斯特，在那里度过了一小段快乐时光。与他们时常在一起玩耍的，还有街坊邻居的孩子们：迪瓦因家的，沃特家的，邓恩家的，还有小瘸子基奥。那时候，父亲虽然时常拿着刺李木拐杖来赶他们回家，但脾气还没有变得像现在么坏。那时候，母亲还活在人世。

但这段短暂的往昔时光很快就结束了。一个从贝尔法斯特来的有钱人，买下了那块林间空地，并在那儿修建了一座屋顶闪闪发亮的大房子。当然，童年的终结也伴随着一连串更为严酷的事件：死亡、告别与离散。母亲死了，老邓恩死了。伊芙琳最宠爱的弟弟厄内斯特也死了。沃特一家去了英格兰，哈利成天在乡下为工作奔忙，很少回家。至于那个为提防父亲的突然出现，时常替他们望风的小瘸子基奥，最终去了哪里，小说没有交代。

在这段叙述中，作者乔伊斯明确提到"快乐"的文字，只有短短的一句：那时他们似乎很快活。[①]（Still they seemed to have been rather happy then.）

其余的部分则几乎都被浓郁的悲哀和伤感的氛围所笼罩。

伊芙琳坐在窗口回忆往事的时候，她注定了要首先与这些如同"夜色"般弥漫的悲哀氛围相遇。而其中最坚硬尖锐、刺痛的事件，当然是她母亲的死。只要她一陷入沉思，母亲一生的悲惨经历就会在她眼前一幕幕闪现，搅动着她的灵魂深处的不安与恐惧。

母亲临终的那天晚上，她躺在一间黑暗的小屋里。在神志不清的弥留之际，在死亡逼近的一阵阵战栗中，她望着自

[①] 詹姆斯·乔伊斯：《都柏林人》，孙梁等译，上海译文出版社1984年版。

己未成年的三个孩子喃喃低语：我的小乖乖，小乖乖！……在濒死的寂静之中，窗外传来了手风琴那凄凉的乐曲声，父亲为了把窗外的手风琴艺人赶走，破天荒地给了他六便士。

与伊芙琳不敢触碰的"过去"相比，她的"现在"也好不到哪里去。

她有一个唠叨、狂暴、吝啬，让她不时心惊胆战的父亲。由于在教堂做装饰工的弟弟哈利常年滞留在乡下，很少回家，她不得不独自一人面对在生活重压下失去了理性的父亲。问题是，她的父亲并不是一个彻头彻尾的恶棍，甚至偶尔还会显出很慈爱的样子。妈妈在世时，一家人去山坳里野餐，父亲为了逗孩子们发笑，故意戴上了妈妈的女帽来逗乐。而就在不久前的一天，伊芙琳身体不舒服，没去商店上班，在家里睡了一天。父亲特意为她念了一篇鬼故事，并亲自在火炉上替她烘烤面包。正是父亲偶尔流露的慈祥，以及在自暴自弃中一天天衰老的容貌，让伊芙琳在面对父亲的暴虐和威压时，完全丧失了自主意识与反抗的能力。

另外，伊芙琳上班的那家百货商店也让她感到糟心。她的同事加万小姐，时常通过冷言冷语的训斥和嘲弄，来彰显自己的高人一等。伊芙琳在百货商店没有什么存在感：一旦她离家出走，店方很可能会立即登出广告，招人来填补她的空缺。

当然，处在"过去"与"现在"双重压力下的伊芙琳，也并非毫无希望。因为她至少还拥有一个想象中的"未来"。一旦她决定跨出家门,就可以和男友弗兰克一起远走高飞,去开辟新的生活。

弗兰克在往返于都柏林与加拿大的一艘商船上当水手,每月挣一个英镑。他见多识广,到过很多地方,并曾穿越麦哲伦海峡。他时常与伊芙琳在百货商店外约会,给她讲巴塔哥尼亚人的异邦故事。他嘴里吹着口哨,带她去剧院的雅座看《波西米亚女郎》,并许诺跟她结婚,带她去遥远的布宜诺斯艾利斯安家。刚开始,伊芙琳答应与弗兰克交往,只是为了有个关系亲密的伙伴,到了后来,她渐渐喜欢上了他的"异邦故事"和能说会道。

通过涉世未深的伊芙琳的内心活动,我们知道弗兰克是一个"心地善良,性格开朗,又有男子汉气概"的人。可发现女儿恋爱秘密的父亲,对弗兰克的评价与伊芙琳截然相反。父亲对弗兰克的真实看法,可以用他在斥责女儿时的一句话来加以概括:

"我知道那些水手是什么货色。"

最终,他与弗兰克大吵一架,不允许女儿再跟他说一句话。

在父女俩对弗兰克的不同评价所形成的争执和对峙中,究竟谁的看法更符合事实呢?在这一点上,叙事者(或作者)的态度是暧昧不明的。读者很难一下子找到隐藏在文本后面那个"作者"的意图和立场。但至少,读者有充分的理由相信，这个能说会道、嘴里时常吹着口哨的水手，并不像伊芙琳本人所想象的那样"可靠"。甚至，伊芙琳在出走前的犹豫不决，似乎也预示着她对前景难测的"未来"缺乏信心。

现在我们已经知道，《伊芙琳》这篇小说，写的就是伊芙琳决定与弗兰克私奔之前的意识活动。而作为故事最重要的基础动力的"出走"一事，乔伊斯却写得影影绰绰，有若梦境。当然，你也可以认为，"出走"这样的行为，在故事中根本就没有发生。

伊芙琳坐在窗口回忆往事的这个"身姿"，连接起了她的过去、现在与未来。在这个我们习以为常的时间序列中，每一个构成因素都同时出现了危机。

2

亨利·柏格森曾经区分过两种完全不同的"时间"形式。其中之一是均质化的、可以被准确计算的"物理时间"。这种时间，由一个个彼此互不关涉的瞬间连缀而成，实际上是一种"空间化"的时间。还有一种时间，是带有主观性的"意识时间"，柏格森将它称为"绵延"。在绵延中，每一个瞬间都是彼此渗透，互相缠绕的，过去、现在和未来既不可分割，也没有明确的界限。

在人的意识活动中，任何已经发生的事，都不会真正消失，它随时都会从记忆中浮现，"侵入"并搅乱"现在"。而那些尚未发生甚至未必发生的"将来"事件，也会通过人的担忧、操心和焦虑，提前出现在人的思索或想象之中。用里尔克的话来说，人和动物最大的不同恰恰在于，在动物的意识中，存在着的事物只是一个平面。动物看到的是整体，因为它就生活在整体之中。而人的任何当下瞬间，意识活动总是与过去和未来紧密相连；我们在想着一件事的时候，另一件事的光亮或阴影，已经是具体可感的了。

威廉·詹姆斯将人的意识活动视为一条河流。曾经发生的事，正在发生的事以及将要发生的事，混杂、掺和、裹挟在一起，像河水一样向前流动。事物之间并没有清晰的先后次序、因果关系和线性逻辑。

从叙事上来说，这种意识画面之间的纠缠与混杂，被称为"时空倒错"。顺便说一句，尽管所谓的"意识流小说"，迟至十九、二十世纪才正式登上历史舞台，但"时空倒错"本身，却并不是什么新生事物。按照韦恩·布思和翁贝托·埃科的研究，在《荷马史诗》中，时空交错或时序颠倒就已现出端倪。

《伊芙琳》既不是意识流小说，叙事中也没有明显的"时空倒错"。但由于它对时间的沉思以及非同一般的处理方式，似乎预示了《尤利西斯》和《芬尼根的守灵夜》的诞生。

在这篇小说中，主人公曾经的过往，目前的处境以及对于未来的想象，彼此交错，汇集在了一起。对伊芙琳来说，不堪回首的"过去"，作为一笔沉重的债务，并不是矗立在远处供人瞻仰或打量的纪念碑，它在向"现在"讨要本金的同时，也在向"未来"索取利息。因为伊芙琳已经清楚地意识到，母亲在临终之前嘱咐她照看这个家庭的遗言，早已渗透进了当下的每一个瞬间，其重负足以将自己压垮；而母亲在生活的重压下挣扎、生病、疯狂以及死亡的全过程，犹如一面镜子，也照亮了她可以想见的未来。在这里，时间统一体的每一个环节的能量，都已经被消耗殆尽。用乔伊斯自己的话来说，"时间"实际上已经处于瘫痪之中。

那么，在时间这个首尾闭合、循环的无望圆环中，伊芙琳又如何去拯救自己呢？这是乔伊斯向读者，也是向他自己提出的问题。

3

当伊芙琳坐在窗前四下环顾，望着房间里所有那些熟悉的物件，来打量这个被称作"家"的地方时，触目所见，到处都是"灰尘"。当然，她也看到了别的东西。

家里的墙上，挂着的一张泛黄的神父照片。她知道，这个神父，是父亲年轻时的一个同学。凝望着这张照片，往事再次浮上了她的心头。每逢家里来人，父亲总不会忘记让客人们端详这幅照片，并带着羡慕的口吻，向客人们"随意"炫耀说："眼下他待在墨尔本。"

这个看似漫不经心的细节，对于我们理解这个作品并非无关紧要。或许，父亲的心里不仅镌刻着深深的绝望，也怀揣着一个和伊芙琳相同的梦想：希望和解脱，要么在完全陌生的"远方"，要么不在任何地方。

而从某种意义上说，作为伊芙琳恋人的水手弗兰克，正是"远方"的化身。他身上那种轻松自在、无拘无束的习性与气质，超脱于现实之上，让伊芙琳为之心驰神往。伊芙琳在憧憬遥远的布宜诺斯艾利斯时，也发出了这样的希冀和感叹：

在新的家，在那遥远的陌生的地方，情况会多么不同啊！

为了斩断现实时间的恶性循环，她只剩了唯一的出路——那就是通过空间的置换，让时间"重新开始"，为自己开辟一个"全新"的未来。至于这个未来是好是坏，能否如她所愿，她暂时还无暇顾及。

在《乔伊斯传》一书的第七章,作者理查德·艾尔曼记录了这样一件事。一九〇二年十一月,一心想成为诗人兼内科医生的乔伊斯,因化学考试没有通过,加上家庭经济状况的恶化,决定从都柏林的圣西希莉亚医学院退学,转而去巴黎的医学院碰碰运气。他的这一决定明显不合逻辑,甚至让艾尔曼也感到迷惑不解:在他的家乡都柏林,学习与生活费用都难以筹措,难道去到了费用更为昂贵的巴黎,经济拮据的状况就会自动好转?另外,用英语都没法通过的化学考试,又怎能指望用生疏的法语顺利过关呢?

至于乔伊斯为何会选择巴黎,而不是效仿他的爱尔兰文学前辈萧伯纳、王尔德和叶芝前往伦敦,或许只有一个原因:经过长年的殖民统治,爱尔兰早已英国化了,而巴黎则是一个异质化的地域,且离他的家乡更远。

既然乔伊斯认定死气沉沉、精神瘫痪的爱尔兰处处与自己作对,在面对人生危机之时,"远走他乡"就成了本能的选择。

与伊芙琳的命运所不同的是,乔伊斯一生中的大部分时间都在漂泊与流亡中度过,辗转于巴黎、罗马、里雅斯特、苏黎世等地,最终客死异乡。而伊芙琳却在离家出走前的最后一刻,在轮船的汽笛声中,突然止住了她的脚步。

乔伊斯跨出了伊芙琳终未跨出的那一步,并从此不再回头;而从伊芙琳与弗兰克临别时的犹疑、痛苦和恐惧中,我们也不难窥见乔伊斯对故乡、对无法割舍的过往记忆的复杂情愫。

4

詹姆斯·乔伊斯特别擅长描写夜色。与喧嚣、嘈杂的白天所不同的是,夜晚是静思、回忆、出神和灵魂出窍的时刻。

在《死者》结尾处,当加布里埃尔在半明半暗的微光中,透过窗户,眺望平原、山峦、沼泽、墓地和香农河那黑沉沉的河水时,纷纷飘坠的大雪为他带来了出神入化的"顿悟";在意味隽永的《阿拉比》中,夜晚的天空,总是不断变换着紫罗兰般的色彩,曼根姐姐那半明半暗的美妙倩影,也总是在迷蒙的夜色和雨中灯影下出现;在《悲痛的往事》中,辛尼科太太与离群索居的达菲先生约会时,经常故意不开灯,在静静延续的音乐声中,通过夜色将他们与周遭的世界隔开,让两个人的灵魂彼此挨得更近。

《伊芙琳》的整个故事,也是在夜色中开始的。就连伊芙琳(Eveline)这个名字,也很容易让读者联想起夜晚(evening)。夜色不仅为伊芙琳的回忆之路提供了恰当的氛围,赋予作品深沉、婉转的格调,也给作品中的"告别"和"出走"事件,蒙上了一层虚幻的光影——它在黑暗中酝酿,也在黑暗中结束。

甚至，计划中要带伊芙琳远走高飞的那艘船，那艘停泊在码头上的"黑黝黝的庞然大物"，也是一艘"夜航船"，船身还笼罩着一层让人看不真切的"迷雾"。

最后，当夜班船起航的汽笛声响起的一刹那，伊芙琳的心怦然一怔，感觉到"人间所有的惊涛骇浪在她心头激荡"。她凄绝地尖叫了一声，脸色惨白，无视弗兰克的呼唤，双手紧紧攥住铁栏杆，心里想着：

不！不！不！决不！

也许这一切根本没有发生。这个出走的场景，或许仅仅是伊芙琳在眺望暮色四合的街道时，脑子里偶尔飘过的一段思绪。

给"藏身于陌生人之中"一个合适的定义,
它或许可以被称作"孤独"。

情

感

1

一天清晨，我去荷清苑小区对面的公园跑步。在经过荷塘边的一座小石桥时，我看见一位梳着齐耳短发，上了年纪的女老师，正远远地沿着土坡上砖石小径朝我走过来。我立刻认出她是学校某部门的一位负责人。刚来学校工作的那一年，因教学业务上的联系，我在清华学堂与她见过两三次面。她温雅、友善却不失威严的言谈举止，都给我留下了极深的印象。虽说我们同在一个学校，偶尔在校园里遇见了，也会礼节性地互致问候，但我一直不知道她的名字。

后来，我们有很长一段时间没再见过面。如今，当我们在公园里不期而遇时，我想她也未必会记得我了吧。没想到，走到近前，这位老师竟然像熟人一般地站住了，并微笑着跟我打招呼。于是，我们俩就站在路边的草坪上，既热情又克制地聊了会儿天。最后，我们貌似意犹未尽地道了别，各自往前走。

但我知道,事情还远远没有结束。

因为公园的面积很小,我们俩又是相向而行,我慢跑,她疾走,都在公园椭圆形的人行步道上健身。用不了多久,我们俩势必会在这条狭窄、闭环的步道上再次相遇,甚至多次重复相遇。接下来,我不得不去面对这样一个虽属平常,但却让人多少有些尴尬的难题:

倘若再次相遇,我应该如何与她打招呼呢?

是擦肩而过时朝她微笑一下,还是挥一下手?或者再找点什么话来敷衍一下?因为我们刚才的聊天中,已经挥霍掉了大部分向对方示好的情感,也耗尽了寒暄的材料和能量,如果一定要打招呼的话,又该如何措辞呢?但不管怎么说,假装没有看见她,不做任何表示,从她身边低头跑过,大概是不行的吧?这么一想,我就觉得这事还真有点不好办。踌躇之中,我甚至想到了改变跑步的方向,不紧不慢地跟在她身后,保持一段安全距离,确保不会与她再次碰面。

如果细想一下,就可以知道,我担心与女教师再次相遇的畏惧中,其实也包含了这样一种心理:我不想让对方也陷入到不知如何应对的窘境之中。反过来说,如果那位女教师也像我一样思考问题的话,那么,合理的推断是:她想必也会设法避免在这个椭圆形的步道上再次与我相遇吧。

我的猜测很快得到了印证。我接下来又在公园里跑了四五圈，那位女教师再也没有出现。

这个小小的难题，我们在日常生活中时常碰到。每当我遇到这样的场景，心里总有一种淡淡的恐慌感，但这么多年来倒也没有想出什么妥善的应对之策。我一度认为，我之所以会为"重复相遇"一类的事感到苦恼，大概是我这个人过于敏感的缘故吧。不过，在这方面，平常大大咧咧的妻子似乎比我还要"病态"。我们在校园里散步时，她有时会猛拽我的胳膊，紧急改变行走方向，以避免遇见刚刚搭讪过一番的某位相识。

还有一次，仍然在家对面的那个公园里，我在傍晚跑步时与系里的一位同事迎面相遇。这位同事是个谦谦君子，深居简出，不苟言笑，平常见面时话就不多。我与他打过照面并略作交谈后，因担心与他再次相遇，就自作聪明地决定中断跑步，抄小路出了公园的正门，打算悄悄地回家。让我没想到的是，这位教授也在做同样的事。他从公园的边门溜出后，我们俩终于在马路边的红绿灯下撞在了一起。我怔怔地望着他，他也不好意思地望着我，他"呵呵"地冲我笑了两声，我也傻傻地朝他干笑。彼此都因为窥破了对方的心思，而有些不知所措。我盼望着红灯赶紧变绿，但那个倒三角的红色信号灯一直保持着满格状态。那时，我们两个人心照不宣的窘态，已经不能用"尴尬"来形容了。

二〇〇九年，张爱玲一度秘不示人的自传性作品《小团圆》终于在大陆出版。我并非张迷，对众人津津乐道的张、胡之恋，也没有什么太大的兴趣。收到出版社的赠书之后，也只是用很快的速度翻阅一遍。但书中一处不甚要紧的细节，却令我过目不忘。每当发生"重复相遇"这样的事情，我总会在第一时间想起它来。

主人公九莉在香港的一所天主教学校寄宿读书。管理宿舍的修女，也被称为"嬷嬷"。暑假时，九莉没有回家，独自一人待在宿舍里。有一天，性格古怪，离婚后在满世界游荡的母亲路过香港，就来学校看她。大概是实在找不到什么话说，母亲只是在房门口随意张望了一下，便动身离去。

因学校建在山上，送母亲来的汽车只能停在山脚下。九莉与一个被称为"亨利嬷嬷"的修女送母亲步行下山。三人沿着盘山沥青路，慢慢往山下走。亨利嬷嬷有意讨好母亲，一路上不停地与她说着话，九莉自然乐得沉默不语。但没过多久，亨利嬷嬷就发现，不时流露出优越感的母亲，似乎不太愿意搭理她，便识趣地站住了脚，决定不再往下送。九莉这时就犯了难。

她有两个选择，要么与母亲就此作别，跟随亨利嬷嬷原路返回，要么独自一个人继续送母亲下山。经过短暂的权衡，她选择了后者。因为如果她随同亨利嬷嬷一同返回，免不了还要与她说话。由此可见，她对亨利嬷嬷的畏惧和厌烦，或许远胜于母亲。可往前走了没多远，九莉就看见了山下停着的那辆汽车。她不安地想到，她送母亲走到汽车跟前时，势必要与坐在车里的男人照面。而这个男人与母亲到底是什么关系呢？与其撞破了母亲的"隐私"而惹得她不高兴，那还不如不送。略微怔了一下之后，她决定即刻与母亲告别，返回学校。

现在的问题是，亨利嬷嬷年事已高，在山道上走得很慢。九莉如按正常速度上山，她很快就会赶上亨利嬷嬷，还是免不了要找话与她搭讪。故意放慢脚步又如何呢？似乎也不可行。因为很有心计的亨利嬷嬷，很容易就会发现九莉在存心躲她。

作者对这个离别场景的叙述，看似不动声色，但其中所蕴含着的复杂情感，却低回婉转、暗流涌动。这段简洁、平易的文字，描画出了人情的逼仄、浮薄与疏离感，也写尽了敏感多疑、自我意识过剩的个体，在现代人际关系中进退失据、动辄得咎的心理困境。我们据此似乎可以理解，晚年时蛰居加州的张爱玲，为什么杜门谢客，息绝交邀，宁可一个人躺在床上看电视，也不愿与他人有任何来往。至少，对于张爱玲这样一个主动与世界疏离的女性"巴托比"[①]来说，人际关

[①] 出自美国作家梅尔维尔的短篇小说《书记员巴托比》，是一位以"我宁愿不"来拒绝一切的角色。

系原本就是一个沉重的负担。令她感到紧张和不适的，也许不是哪一个具体的人，而是任何人。

在我看来，张爱玲的所有小说，其实只写了一件事，那就是人情关系。由于畸形的家庭关系的影响或塑造，张爱玲在童年时期向外探寻的目光，被磨砺得异常尖锐。我们或许可以这样说，张爱玲一生所经历的痛苦，主要是源于她无法从容应对的人际关系的馈赠。

2

弗洛伊德在《文明及其不满》一书中，将人在一生中可能遇到的威胁和痛苦，归纳为以下三个方面。

首先是无法遏制的衰老和死亡，其次是外部世界（尤其是自然界）加在我们身上的灾难与变故，最后则是"我"与"他人"之间的关系。

对于同样的问题，中国学者钱穆的看法与弗洛伊德大致相仿。只不过，他将衰老及死亡与外部世界的灾难归并为一项。这样一来，他的表述就变得更为简明。他认为人在一生中需要面对和处理的痛苦只有两个：其一是"生死之限"，其二是"人我之限"。

对于佛家而言，人生本来就处于痛苦之中，而痛苦的根源在于"无明"。一切有为法，世间的万事万物皆为幻象，本无自性。而要从"无明"中解脱出来，不仅我相、人相、众生相、寿者相都要勘破，甚至连"空无"本身也不可执着。

以上三种对人生痛苦的看法，均涉及一个无法回避的重要方面，那就是"人际关系"。外部灾难以及迟早要到来的衰老和死亡，既无法避免，也不可消除，人们反而相对更容易"逆来顺受"。这些不幸虽然可怕，但也不是平均分摊到每一个人身上的，更不需要我们每时每刻去面对和处理。当这些灾难和不幸还没有到来的时候，人们往往抱有侥幸心理，可以暂时将它们搁置在一边，也可以对它们视而不见。

但人际关系带来的痛苦却完全不同。

一个人只要具有自我意识，就无时无刻不处在这种永无休止的人际关系之中，无时无刻不在计算、权衡、估量人际关系的亲疏远近，无时无刻不在趋利避害，明争暗斗，深陷在人情关系网络而无法自拔，最后，像一盏油灯一样耗尽自身的能量。因此，我们似乎也可以这样说，人际关系所带来的纠葛与烦恼，实际上构成了人生痛苦的主要方面。

存在主义哲学中有一句广为人知的名言："他人即地狱。"这句话的主要意思，其实并不是说，只要一个人处于社会网络中，就必然会面临"他人"的竞争、威胁和伤害。"他人"指的也不是哪一个具体的个人，而是作为一个无形群类而存在的人的集合体。当然，你也可以把"他人"理解为时尚、规则或文化机制。个体生存的价值、成就和种种虚荣与满足，均需要依赖他人的评价才能实现。也就是说，在"我"与"他人"之间，存在着一种双向的凝视，"我"在凝视他人，"他人"也无时无刻不在凝视着"我"。如此看来，"我"的所谓成功，不过是"他人"瞳孔中一道虚幻而可疑的闪光而已。不论我们在做什么，总会感觉到有一双眼睛在"凝望"我们。换言之，我们的所作所为，也可以被理解为对这种凝望的迎合或屈从。拉康将这种凝望着我们的目光称为"大他者"，在他看来，自我的欲望，说到底正是"大他者"的欲望。

通常来说，"自我意识"越是强大，人所经历的痛苦就越是深重。陶渊明从"误落尘网"到"归园田居"，他所要逃避的并不是劳动或工作本身。比如说，他辞官归乡之后，仍在南山下种豆，并躬耕不辍。他想要斩断的，其实就是让人无法应付的人际关系。你想减少痛苦，必须降低欲望。而欲望在很大程度上是由"他人"的凝望所塑造的，所以，对欲望的消除，必然就会涉及对人际关系的逃离。

按照弗洛伊德对文明进程的看法，佛教的出世，道家的忘世，近代以来"巴托比主义"的消极避世，似乎都可以被视为这样一种对人际关系的主动规避。

3

对于那些深陷在"尘网"中的大部分人来说，如何有效地对人际关系进行管理，就成了我们必须面对的人生课题。通常，我们总是习惯于将平常与之打交道的人群，划分为三个不同的群落，即亲人、熟人与陌生人，以此来建立、维护、调节自己的人际交往的网络。当然，这种简单的群落划分也不是绝对的。只要你愿意，也可以从"亲人"中区分出"家庭成员"与"亲戚"，从"熟人"中细分出"邻居""同事"与"朋友"，诸如此类。

前文所讨论的"重复相遇"这样一个小小的个案，也可以被视为人与人之间关系的一个缩影、隐喻和象征。

比如说，你在公园跑步时，"陌生人"是可以被忽略的，无论遇到多少次，你都可以视若无睹。如果不是他们把痰吐到了你的鞋子上，或者听任手里牵着的小狗随地便溺，你也不会感到任何不适。假如你在跑步时遇见了自己朝夕相处、关系融洽的亲人，比如丈夫、妻子或子女，你可以打招呼，也可以不打招呼，始终都会感到轻松自在。

"重复相遇"时出现的小小的困窘或尴尬，只可能出现在"熟人"之间。

这至少说明，熟人之间的关系，远不像亲人关系那样坚固、结实，处理起来也不像我们想象的那般容易。在熟人相见，互知善意的情境中，包含着一种严肃的、对彼此关系再次确认的必要性。通过互致问候，表达善意，彼此之间的关系得到巩固、维持和延续。这是一种代代相传的礼俗或箴规的残留物。

当"熟人"如此这般地摆在你面前的时候,你的微笑、握手或寒暄,或出于礼貌,或出于客套;或是真情流露,或是虚与委蛇,总归是一种无伤大雅的处理方式。完全置之不理,无论如何是难以想象的。

中国的乡村社会,说到底其实就是一种"熟人"社会。对于那些足不出村的农民而言,陌生人出现的概率几乎可以忽略不计。乡里乡亲在平常的劳作与生活中,相遇见面不打招呼的事情绝少发生。当然,"重复相遇"一类的事情,在乡村社会中也从来不是一个问题。这一方面是因为乡人见面的机会过于频密,所谓抬头不见低头见,彼此之间的关系无须频繁确认。另一方面,生活在乡村的人,有的是"废话"来应对这一情境,久而久之,几乎成为了一种本能。打招呼的过程,说到底不过是一种"触景生情"的过程罢了。

比如说,你大清早看见一个小伙子往田里挑粪,就会远远招呼一声:"这么早!"看见农妇在水码头洗衣服,就会感慨一句:"嚯,这么多衣服!"而如果一个老头坐在家里啥事也没干,你也可亲热地凑上前去问候他一句:"在家呢?"

废话挂在每个人的嘴边,不假思索,张口即来。在传统的乡村社会中,人们正是通过这些废话润滑、维系着熟人之间的情感,并不约而同地让这种情感维持在一个较低的水平,或者说,让事情停止在它应该停止的表面。既不"热络",也不"冷漠";既不"真诚",也不"虚伪"。在乡村,熟人世界,是笼罩在日常生活之上的一种特殊的气息或氛围。如果我们一定要对这种气息或氛围加以描述的话,它意味着一种"熟稔"的自然绵延。

而在现代的城市生活中,熟人并不时常相遇。两人好不容易见上一面,通常双方都会配合着去完成关系的再确认。而告别后的一阵轻松和如释重负,本来就有一种"我们短时间内不会再见面"的心理预设。也就是说,这件事过去了,被打发掉了,心里轻快了。不久之后的再度相遇,则给两人都出了一道难题,继续寒暄则明显地带有勉强或虚情假意的意味,而过分热情也会让对方疑窦丛生。

在形形色色的熟人关系中,孩子的地位相对而言较为特殊。在人际交往中,孩子的存在,往往受到大人们的忽视。甚至在很多场合,我们也会将他们归入"陌生人"的行列。

毋庸讳言,在与孩子们相处时,成人总是天真地认为自己有着极大的优势和所谓的"安全感"。这当然是一种错觉。其实,孩子要比大人敏感得多。他们在"人情世故"方面往往有着令人惊叹的观察和领悟力。因为儿童只有在勘破世界的规则,"洞悉"人情的秘密之后,才能最终让自己转变为成人。

4

张竹坡在评点《金瓶梅》时，曾将书中的人物大致分为两类。其中之一是所谓的"情深之人"，另一类则是"情浅之人"。这里的"情深"或"情浅"，既指向人际交往基本情感的浓淡厚薄，也指向人情世故的敏感与迟钝。但不管从哪个方面来说，西门庆都是一个"情浅之人"。在《金瓶梅》所描述的中国十六世纪"全民皆商"的社会环境中，西门庆的飞黄腾达，所依靠是敏锐的商业嗅觉和胆大妄为的权钱交易，这反而让他在与人打交道时，不时流露出某种"拙智"与"天真"。

人际关系由"情深"向"情浅"的转变，也深刻地反映出社会形态发展的运动轨迹。也许会有人说，如果按照今天的人情伦理来衡量，西门庆或许也算得上是一个"情深之人"了。我想其中最重要的原因或许在于，随着当代社会的时空关系的巨大变革，特别是人与人之间交往的关联性空前增强，以及越来越细密的劳动分工，"情感"本身正日益衰微，甚至面临枯竭。

在今天，一个情感过于丰富或浓烈的人，通常被认为是有问题的人。在今天，一个人可以付出一切，唯独无力付出情感。而为人所津津乐道的所谓"情商"，其实与情感没有任何瓜葛，它实际上就是利弊权衡的精打细算。

问世于十七世纪初的《堂吉诃德》被称为西方第一部真正意义上的"现代小说"。在堂吉诃德与桑丘·潘沙令人捧腹的冒险经历之外，作者塞万提斯在小说中还设置了许多意味深长的"小插曲"。其中有一个故事，题目叫作《何必寻根究底》。

年轻、英俊的安塞尔莫，本来已经获得了卡密拉的完美爱情，但他仍然不满足。用一句西班牙谚语来形容，他得到了"最好的"，却仍在渴望"更好的"。他想要测试一下，卡密拉对自己的爱情是否真的忠贞不渝，换句话说，这种情感是否存在着一个坚实、牢不可破的"基底"。于是，他不断唆使同样年轻貌美的洛塔里奥去勾引卡密拉，最终导致了好友洛塔里奥与妻子卡密拉双双背叛。这个悲剧性的故事揭示了这样一个事实：

在塞万提斯所处的"市民社会"中，即便是在安塞尔莫与卡密拉这样人人称羡的恋人关系中，其实也暗藏着某种脆弱性。如果你习惯于凡事都要追根究底的话，这个"底"，最终将被证明并不存在。

安德烈·纪德曾经严肃地告诫过我们，对于人与人之间的情感，特别是亲人之间的情感，最好不要推究得太深。如果你一味地去钻牛角尖的话，无异于自寻烦恼。法国哲学家西蒙娜·薇依甚至将所谓的亲情关系，描述为一种残酷的

"力学关系"——人与人之间的关系越是亲近,这种角力关系往往就越是残酷。

毋庸讳言,情感的衰微与枯竭,也使得亲人、熟人以及陌生人之间的关系同时出现了"降格"的趋势。比如说,在张爱玲的《小团圆》中,九莉与母亲之间的"亲情关系",就被降格成了"熟人关系",而对张爱玲来说,"熟人关系"无疑也是"深渊"。

在现代社会中,相对于亲人或熟人,很多人宁愿选择置身于无须搭理的陌生人中间,从而获得某种虚幻的"自在"与"轻松"。比陌生人更适合的"伴侣"是动物。越来越多的人似乎更愿意与非人格化的宠物,建立起某种稳定可靠的情感联系。

如果我们试着给"藏身于陌生人之中"这种行为一个合适的定义,它或许可以被称作"孤独"。

文学并不提供现成的知识,
也不提供固定的、一成不变的"真理"。

文学的真知

1

几年前的一个初夏,我应邀去外地,为喜欢文学的中学生们做了一场讲座。那天来了很多学生,演讲厅里坐满了人。我讲座的题目是"文学的真知",主要想和中学生朋友聊一聊这样一个问题:如果文学写作可以被理解为一种表达个人情感或见解的方式,那么这种方式在当今之世有何特殊性?

尽管我事先为这个题目做了充分准备,但讲座的效果并不理想。演讲厅里自始至终笼罩着一种让人惊异的安静。但这种可疑的安静,并不表示学生们对我的讲座听得入了迷。仅凭直觉,我就意识到他们或许并没有听懂。事后的提问,很快就证明了我的判断。因为傍晚还要坐高铁赶回北京,我在简要回答了四五位同学的提问后,就匆匆离开了。

我在教学楼前与主持讲座的老师告别后,发现有一位戴眼镜的女生从远处跑过来。她问我能不能给她五分钟，因为她有一个"很紧要"的问题要跟我谈一谈。望着她急切而稚嫩的面容，我只得将耽误行程的焦虑暂时放在一边，认真面对她的提问。

但那天她其实没有向我提出任何具体问题。大部分时间都是她一个人在说话。她的主要观点是，文学不像她原先想象的那么好。在当今的现实中，它不仅没有什么用处，反而十分有害。她的理由是，如果一个人不去读卡夫卡或者其他什么作家的作品，本来活得好好的，可一读小说和诗歌，脑子反而立刻就乱了。文学除了让人陷入自我怀疑之外，对我们的生活其实没有任何切实的帮助。言下之意，似乎这个世界上要是没有文学就好了。

虽说年轻人提出这样的问题或许并不奇怪，但我一时也不知道如何应答，只是简单地问了她这样一个问题："你原本期望的文学，应该是什么样子？"

"一个纯净的世界。"她毫不犹豫地答道。

几个月之后，我和一位作家同行出席一场向社会公众开放的文学讲演。到了现场提问环节，一位听众举手要求发言。他的情绪看上去有些激动，滔滔不绝表达对我讲演中的某个观点的强烈质疑。

他说，在福楼拜的名作《包法利夫人》中，爱玛这个人物，其实是个"很不道德的人"。她的所作所为令人不齿，但奇怪的是，我们在阅读这个作品时，不仅不会对她的行为表示愤慨、鄙夷和不屑，反而还会对她的遭遇寄予深切的同情。这样一来，读者无疑会产生一种道德上的困惑。如果人人都像爱玛那么行事，那社会岂不是一下子就乱了套？

我已经记不清当时是如何回答这位听众的质疑和诘难的。但我知道，在《包法利夫人》的接受史上，他不是第一个提出此类问题的人，当然也不会是最后一个。你也可以将同样的疑问抛给列夫·托尔斯泰。因为安娜·卡列尼娜带给读者的道德困惑或许更为典型。事实上，福楼拜本人在出版《包法利夫人》这部传世之作时，也差一点为作品的"有伤风化"而坐牢。至于詹姆斯·乔伊斯的《尤利西斯》，在美国出版时，也曾引发法律诉讼，时至今日，它仍被很多人视为世界上"最危险"的书籍之一。

2

近些年，读者从公共道德的层面对文学加以理解和阐释的声音日渐增多。甚至也有人对文学存在的合理性、必要性与合法性，提出了根本的质疑。这当然不是中国特有的现象。诸如此类的质疑包括：为什么文学作品中会存在那么多负面的东西、负能量内容？存在着那么多令人疑惑的社会或人性的阴暗面？正因为我们在日常生活中遭遇到如此多的困惑，才会求助于文学，希望在文学的世界里找到代偿或平衡，为我们的困惑提供解答的途径。但文学有时不仅无助于问题的澄清，反而使得读者的困惑和疑虑变本加厉。

自上世纪八十年代以来，文学写作固然出现了很大的变化，但与社会公众对待文学的态度所发生的转变相比，前者或许根本不值一提。

我曾经有过一个幼稚的看法，关于文学存在的合理性问题，文学与社会道德的关系问题，经过八十年代的"文学启蒙"，这些疑惑已经被一劳永逸地解决了。社会公众已经在文学理解方面达成了某种"共识"，有了一个相对稳定的基础，并形成了一个足以彼此沟通的"知识平台"。但这种想法已经被证明为一厢情愿的虚妄。

文学如果也可以被视为一种"知识"，它与科学知识的积累过程完全不同。科学研究所搭建的知识平台相对坚固。科学的发现和进展，往往被"定理""公理""假说"加以界定，构成认知或研究的常识或基础。当然，"公理"和"定理"或"假说"，尽管也可以被质疑、推翻或证伪，但它在局部领域的合理性和必要性依然会得到尊重。由于科学领域的"准入"门槛相对较高，社会公众的知情权受到了一定的限制。每当一种新的"假说"或"理论"被提出来，社会公众就算对该领域的科学知识一无所知，也会本能地对科学家的工作给予极大的信任。

文学却没有这样的特权。在一个时期被"解决"掉的问题,到了另一个时期,还是会一次次被不同的人以不同的方式提出来。也就是说,对文学的理解,总是会不断回到它的原点。一切都得重新来过。

应当说,不论是在演讲中阐述自己观点的那位听众,还是在外地遇见的那位中学生,他们对文学的思考都是严肃而诚恳的,其观点也不是完全没有道理。两者之间的共同之处是,他们都不约而同地将文学所要传达的"意图",理解为一种现成的,可以直接拿过来加以使用的"知识",而不是从"隐喻"或"中介"的意义上来理解作品所要传达的"信息"。

严格来说,文学尤其是现代文学,其实并不是一种公共领域的"现成知识",但它往往会被作为一般性的公共知识来加以理解和传播。

3

形形色色的书籍中有可能隐含着某种"危险",并在某种程度上妨害人的思想和生存,这是一个古老而普遍的担忧。类似于"焚书"这样的行为,在人类文明史上一再发生。在《传习录》中,王阳明也倾向于认为,对于世道人心的败落和沉沦,著述者应当承担很大的责任,文学书籍自然也概莫能外。

文学作品能够给读者带来娱乐和美的享受，给人情感上的慰藉，帮助读者认识自身与外部世界，进而更好地来理解人的生存，这自然无须多谈。但如果读者将文学作品视为一种现成的知识，直接模仿作品中人物的言行，用作品中的观点或观念来指导自己的日常行为，文学作品绝非毫无风险，它也可能对读者的生活带来"妨害"，甚至产生严重后果。

在文学的阅读和传播史上，这也是众所周知的事实。举例来说，因嗜读《红楼梦》而成瘾的痴男怨女代不乏人，而歌德的《少年维特之烦恼》也曾在问世之初导致了多桩读者自杀事件。

尽管《包法利夫人》在后世未能避免"有伤风化"一类的指责，但奇妙的是，福楼拜本人对于文学作品中潜藏的危险，有着十分清晰的认识。事实上，对文学有可能导致人生悲剧的明确警示，本身就是《包法利夫人》的主题之一。我们知道，作为主人公的爱玛，其爱情观和人生观的塑造，正是源于对浪漫主义文学的痴迷和狂热。对文学作品虚幻世界的直接模仿，为她后来的爱情和人生悲剧埋下了隐患。

不过，福楼拜并不是第一个在作品中表达这类主题的作家。即使从法国现代文学史范围内来看，《包法利夫人》也有所谓的"底本"或"先驱"。我这里指的是巴尔扎克的《乡村教士》。

无论是从人物命运、故事结构，还是主题和叙事意图，《包法利夫人》与《乡村教士》都存在着太多的内在关联性。比如说，两部作品都同样描述了乡镇女子的爱情、性爱和婚姻经历，导致她们的命运发生逆转或沉沦的原因，都是源于对浪漫主义小说的不当阅读。最奇怪的是，让《包法利夫人》中的爱玛与《乡村教士》中的韦萝妮克沉湎其中而不能自拔的，竟然是同一本书——那是法国作家贝尔纳丹·德·圣彼埃尔的《保尔和维吉妮》。

由于《包法利夫人》一书早已广为人知，我在这里稍微介绍一下巴尔扎克的《乡村教士》中的相关内容。

4

索维亚夫妇在外省的利摩日，拥有一家经营废铜烂铁的五金商铺。他们惟一的宝贝女儿韦萝妮克，在夫妇俩的百般宠爱中一天天长大，渐渐出落成了一个面容姣好、身段迷人、性格沉静的少女。说来也奇怪，商贩索维亚本人将金钱视为人生的惟一宗教，却一心要将女儿与追名逐利、世风日下的社会隔开。

韦萝妮克整日待在商铺的阁楼上，除了日常的缝纫与刺绣，她偶尔也会看着窗台上的一盆鲜花发愣。除父母之外，她平常接触最多的两个人，不是修女，就是被她视为人生导师的年轻的教士。为了替她消愁解闷，教士也会给她推荐一些读物，那无非是《使徒行传》和《传教士书简集》一类的"无害"书籍。她的天真、善良、纯洁都受到了严密的保护。

到了韦萝妮克十八岁那一年，她的生活中发生了一件意外的事。

一天，索维亚一家三口在外面散步，经过一个书摊时，韦萝妮克看到了一本带着精美插图的小说。不用说，它正是最终让福楼拜笔下的爱玛坠入深渊的《保尔和维吉妮》。

出于对女儿的溺爱，父亲索维亚花了一百个苏，买下了这本"要命的书"。在这里，巴尔扎克用"一件意外的事"和"要命的书"这样的文字，来强调这本书在女儿日后命运中所扮演的关键角色。至于说，这本小说给少女韦萝妮克造成了怎样的心灵颤栗，作者是这样记述的：

  一只手——神明的手抑或是魔鬼的手？——为她揭开了一直遮住天性的纱幕。[①]

沉浸在小说中的韦萝妮克，换了一副眼光来打量周遭的世界。她忽然发现，眼前原本庸碌平常的一切，转瞬之间已

---

① 巴尔扎克：《人间喜剧》（第十九卷），王文融译，人民文学出版社1994年版。

变得完全不同。窗台上的鲜花竟然是那么的美丽,她甚至能听得懂花的语言。她"心潮激荡地凝望蔚蓝的苍穹,泪水无缘无故地在眼眶里打转"。平日里时常与韦萝妮克谈心的年轻教士,发现她的肉身已经苏醒,遂建议索维亚夫妇将女儿出嫁一事提上议事日程。

出嫁这样的小事,自然难不倒精明老练的五金商贩。老索维亚想都没想,就刮了胡子,穿上节日的盛装,一句话没对妻女说,独自出了门,直奔衰老、富有、鳏居、悭吝、毫无情趣的银行家的宅邸而去。韦萝妮克与爱玛大致相仿的人生悲剧就此拉开了大幕。

在此,不妨说句题外话。当年我在阅读这本小说时,时常被巴尔扎克锋利的讽刺才华和不动声色的幽默感逗得笑出声来。

那么,那本让两位美丽少女走上人生迷途并导致巨大悲剧的《保尔和维吉妮》,到底是一本怎样的小说呢?我自己没有读过这个作品,在《包法利夫人》中,福楼拜对此书的具体内容也略过不提。不过,巴尔扎克在《乡村教士》中,对于这部小说进行了一番简洁而生动的评价。这部被叙事者揶揄为"法国语言中最感人肺腑作品之一"的浪漫小说,以法兰西岛(毛里求斯)为背景,描述了一对青年男女的爱情悲剧。同时,作品也集中呈现了回归线炙热地带的秀丽风景。

我们知道，遥远他乡的淳朴生活、青年男女的恋爱悲剧以及对异域风景的细致描绘，本来就是现代浪漫小说极易辨识的主要元素。

老索维亚用一百个苏从书摊上买了这本小说之后，出于一贯的谨慎和细心，曾要求女儿将书交给刻板的教会司铎去审查。司铎审查后很快予以放行，说明此书的内容不仅无害，反而十分有益"健康"，至少无碍于当时的社会道德。甚至就连叙事者本人，也认为这本书"天真无邪"。但接下来的事实证明，一本"天真无邪"的书，对读者所造成的戕害往往"比淫书更坏"。这一评价从一个侧面提醒我们：完全符合公共道德，甚至是纯洁天真的书籍，并不见得全然无害。

这是一个在阅读行为中往往被我们忽略的重要教训。

5

爱玛或韦萝妮克的命运转折，并不取决于她们共同的启蒙书籍是否符合社会道德，而是源于她们对文学作品的理解和认知错误。她们把文学作为一种现成的知识加以全盘接受，把作品中想象性、虚拟性、象征性的生活场景把握为现实或生存本身，把极其复杂且会出现无数歧义和分岔的语言系统，简单概括为可以记诵的"箴规"或"格言警句"，并直接去摹仿书中人物的行为。

文学从不直接说出真知或真理，而是通过语言这个中介，通过隐喻、变形、反讽等一系列的"手法"，来暗示自己的写作意图。举例来说，如果一个作家使用了现代小说中比较罕见的"反讽"手法，那么作者的观点和倾向，就必须从表层叙事的反面去寻找。法国学者朗西埃在谈及这个问题时曾告诫我们，文学中所呈现的真知，不能被直接用于实际生活并指导个人的行为，而是需要将你所捕捉到的"真知"或"真理"，放置到实际生活中加以验证。只有通过这种验证或冥会，读者才能真正与作者建立价值上的认同。

因此，"理解"和"会心"，并非是阅读过程中立竿见影的一种报酬，在很多情况下，所谓"领悟"都是严重滞后的，需要读者自身的经验与生活实践参与其中。

《保尔和维吉妮》将异域风情、远方的消息、山川风光，以及浪漫爱情带回到现实中的读者面前，符合现代小说的总体特征。一方面，远洋航线的开通，对殖民地的征服，以及遍及全球的商品贸易，为现代小说呈现远方图景提供了可能；另一方面，这种带有强烈幻想性的文学书写，不过是枯燥乏味的"现实图景"的一个镜像而已。也就是说，异域他乡的远离尘嚣、风俗淳朴的田园诗意、恬静优美的山川风光，往往是作为现实世界"无趣"或"短缺"的一个反例，在想象中被构建起来的。在歌德的传世名作《少年维特之烦恼》中，缠绵悱恻的爱情故事，也发生在一个民风淳厚，人情古朴，风光秀丽，与世隔绝的"乌有之乡"。

当然，圣彼埃尔无须为爱玛和韦萝妮克的生活悲剧负责，就如歌德也无须为模仿维特的众多自杀者承担责任一样。

6

与传统的叙事作品相比，现代小说通常会给读者带来更多的"道德困惑"，这是一个显而易见的事实。

在读《三国演义》的时候，读者在价值认同方面，很少会遇到什么问题，我们很容易找到作品中的那个"作者立场"，并设法与它保持一致。可我们在阅读《红楼梦》的时候，情况就会很不一样。薛蟠这样一个恶棍，在与薛宝钗和柳湘莲的日常交往中，居然流露出了活泼、天真、可爱甚至是"仗义"的性情，有道德洁癖的读者想必会为此感到不适，并对作者的"手法"以及价值立场的"暧昧"产生疑虑。所以，我们也可以这样说，与《三国演义》相比，《红楼梦》呈现出了较多的"现代气息"。

我的意思并不是说，传统作家在写作中就不会遇到"道德困境"。只不过他们总是有办法将那些困惑、矛盾、荒谬轻松化解，让读者处于相对"安全"的境地，并维持他们对这个世界的固有信念。

在司马迁的《魏其武安侯列传》中，作者详细交待了魏其侯窦婴与武安侯田蚡生平事迹，并着意描述了两人相与共事、明争暗斗的复杂过程。由于刚直、莽撞的灌夫的介入，整个故事变得更加离奇诡谲、波澜壮阔。但不管怎么说，在以窦婴、灌夫为一方，以田蚡为另一方的搏杀与争斗中，事实与是非曲直本来是很清楚的。由于作者采用了深隐高妙的"春秋笔法"，他貌似"客观"的叙事，几乎不留痕迹在字里行间暗示了自身的"道德立场"，读者也很容易与作者建立价值认同，并在情感上选择站在窦婴与灌夫一边。

但问题是，事件最后的结局却出人意料。"恶人"田蚡飞黄腾达，而耿介之士窦婴和灌夫，要么于渭城大街上被斩首示众，要么全家被灭族。就单纯的历史事实而言，作者在叙事中遇到两个棘手的难题：第一，"好人遭殃，坏人得势"的结局既有违"天理"，亦有碍"道德"的规定性，自然也会让读者被"正义得不到伸张"的恶劣情绪所裹挟。第二，如果作者一味站在窦婴、灌夫的立场，对他们的命运寄以同情，势必会将下令杀人的"今上"汉武帝置于难辞其咎的不利地位——说起来，田蚡还是汉武帝的亲舅舅呢。总而言之，事情的最后结局，既不符合司马迁的叙事意图，也不符合读者的道德期待。面对这样的难局，作者司马迁又会如何处理呢？

他决定让鬼魂出场。

于是，在交代完窦婴和灌夫的命运之后，作者立刻进行了一番"补叙"。在这个补叙中，势利小人田蚡很快就被窦婴、灌夫的鬼魂死死缠住。尽管他不断向二人求饶谢罪，但最终还是免不了一命呜呼。随着恶人遭受报应，汉武帝可能会有的过错也被一笔勾销。作者煞有介事地向读者解释说，在决定生死的"廷辩"中，年轻的汉武帝其实是站在窦婴、灌夫一边的，只是碍着王太后（也就是田蚡姐姐）的面子和权威，没办法按照自己的意愿行事罢了。最后，作者又让汉武帝直接表态，说出了这样让人解气的话：如果武安侯田蚡没有死，今天也该灭族了。

行文至此，获得了安慰与满足的读者，想必会长长地吐出一口恶气吧。

紧接着，司马迁在全文末尾"太史公曰"那段文字中，直接以作者的身份露面，再次对整个事件进行了一番评述。他将"窦婴和灌夫"尊称为"两贤"和"二公"，明确表露了自己在此事上的立场，并认为在两个人的悲剧中，他们自身的性格缺陷（"沾沾自喜"与"无术不逊"）也要承担一部分的责任。

这样一来，这个作品中所有的矛盾、"裂隙"和"皱褶"

都被敉平了。天地、道德与世界秩序,依然恒行如常。

在中国传统叙事中,利用"鬼神"一类超自然的事物来惩奸除恶的例子十分常见。在世界各地流传的民间故事、神话和传说中,类似的"修辞"也不胜枚举。

雷蒙·威廉斯就曾指出:在传统叙事中,所有的矛盾与道德困惑,最后都会得到解决,或象征性地加以解决。如果实在无法消除的话,也不要紧。因为到了问题无法解决的最后时刻,上帝本人必会亲自登场,直接进行调解或干预。

7

《乡村教士》中的韦萝妮克与福楼拜笔下的爱玛一样,她们都看到了生存本身向其敞开的那个"深渊"和"裂隙"。韦萝妮克通过让自己重新投身于上帝的怀抱,特别是通过"自我舍弃"和"自我惩罚"来彰显上帝之爱,才勉强弥合了那个裂隙。而爱玛就没有这么幸运了,她最后无可救赎的惨死,明确地提示我们,时代的巨变已经在福楼拜与巴尔扎克的文学之间划出了一道清晰的界限。

我们当然不能说,福楼拜比巴尔扎克更为残忍。福楼拜作品中彻底的悲剧性,说到底是时代所赋予的。用福楼拜本人的话来说,与巴尔扎克笔下的世界略有不同的是，在爱玛生活的时代，利欲熏心的资产阶级早已羽翼丰满了。

在传统叙事中，这个"裂隙"或许可以通过求助于鬼神、上帝或超自然事件来加以象征性的补救，但经过理性和现代科学的不断去魅之后，鬼神或上帝的无所不能的威力和神通，已经丧失殆尽。现代文学所面对的那个"裂隙"更像是弗洛伊德所说的那个"开放性的创口"，深渊不可跨越，原罪不可救赎，裂隙无法敉平。

造成这一差异的原因，除了社会、时代、现实环境、历史进程的巨变之外，还有一个重要的方面，那就是"作者"这一角色的功能，也发生了意味深长的转换。

在遥远的过去，讲故事的人，通常以"智者"的面目出现，给受众提供智慧和道德教训；而现代小说的作者，正是遭遇社会和时代疏离的那个孤绝的个体。他们不仅无力提供智慧，甚至自己也会深深陷入困惑或自我怀疑之中。

从某种意义上说，他们都是尼采所形容的"不合时宜的人"，或者如阿甘本所描述的那样，是"深深地凝望着他们时代黑暗的人"。

哲学家谢林在谈到中世纪神秘主义的"舍弃"（lassen）一词时，为它赋予了全新的理解：

> 只有那些曾经舍弃了一切的人，以及自身远离了一切使万物沉沦其中的事物的人，只有那些曾经通过无限的东西独观自身的人，才能抵达自身的根基，也只有他们才能认识到生命的深奥之处。[1]

当我们将探寻的目光投向世间万物的时候，我们总有办法对"世界"加以解释。但如果这道探寻之光转向我们自己而"独观自身"时，就会出现一个不透明的"盲区"。这是因为，人既是世间万物的一部分，同时又是一个有灵魂的认知主体。换言之，人既是观察者，同时也是被观察的对象，既想解释世界，也试图理解自身。现代文学因其强烈的"向内探寻"的倾向，总会与这个"盲区"相遇，进而为自身的存在寻找根基。

文学（尤其是现代文学）并不提供现成的知识，也不提供固定的、一成不变的"真知"或"真理"。

文学文本说到底不过是一个语言装置。就阅读而言，真正重要的不是它说了什么，而是它没有说什么，或者说暗示了什么。真正优秀的文学文本，总是不断从"时趋"的暗面出发，通过语言这个中介，将自己和读者，重新带回到"问题"和"根基"面前，进而思考生存的目的、意义与可能

---

[1] 参见瓦尔特·舒尔茨《德国观念论的终结——谢林晚期哲学研究》，韩隽译，中国人民大学出版社 2019 年版。

性。因此，对于那些"本来生活得很好的人"或者无意凝视自身根基的人来说，它往往意味着敌意、危险或冒犯。

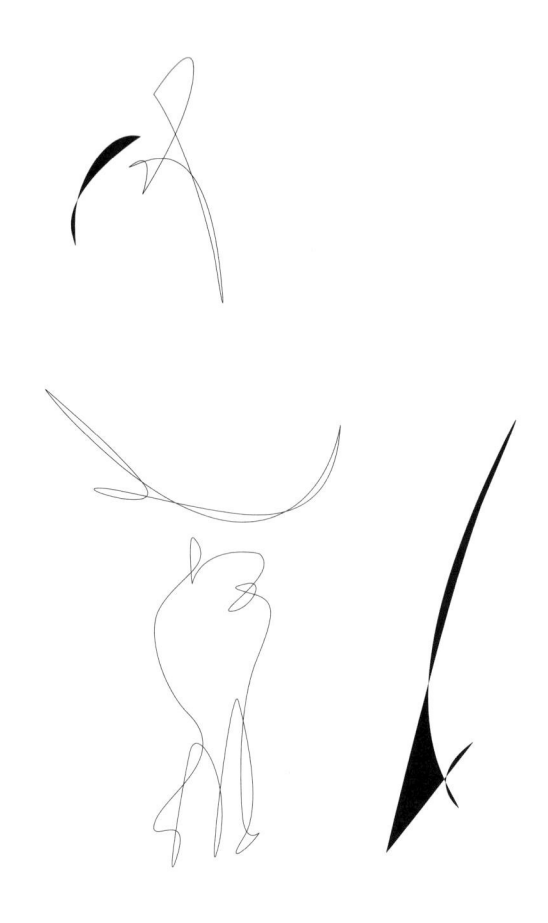

像动物一样"随冒险而行",
将意愿冒险看成是生存的前提。

动
物
们

1

差不多九岁时,我就在村里放牛了。

每年的春、夏、秋三季,早晚各一次,风雨无阻。到了冬天,地上的草枯了,我仍需每天往牛棚里送干草,帮着父亲清理牛粪,带牯牛去河边喝水。就这样一年忙到头,可以为家里挣下八百个工分。我的牛倌生活持续了六年之久,直到去五里外的镇子上读寄宿高中,才算是卸下了肩上无形的重轭。

放牛这桩事情,其实并无任何乐趣可言。多年后我听到贺绿汀的《牧童短笛》,虽说它曲调优美,脍炙人口,但总免不了有一种隔膜之感。乐曲所呈现的江南水乡的诗情画意,比照我幼时的经历,可谓风马牛不相及。短笛自然是不可能有的,骑在牛背上的感觉,让人很不舒服而且不无风险——我那聪明伶俐的小叔就是骑在牛背上被带入河中溺亡的。

如果有一个合适的词,可以用来形容我长达六年的放牛生涯，那就是日复一日的厌倦。法国哲学家薇依曾恰如其分地描述过"农民的厌倦"，那是一种经年累月重复同一件劳作时必然会出现的倦怠和自我厌弃。卡夫卡在一篇题为《万里长城建造时》的小说中，提到中国的皇帝为了避免工匠们在修造长城时因产生厌腻情绪而影响效率，不时将工匠的位置对调，以便让他们可以看到新鲜的风景。

在我看来，风景这个事物，只有在事后的追忆中才会真正现身。再说了，就算我可以"自由地"将水牛牵往村外各地，随处闲逛，但从小就置身于老一套的熟稔环境中，又有什么风景或闲情逸致可言呢？

在与水牛为伴的漫长时日里，我唯一可以期盼的事，就是母牛的怀孕。因为按照村子里古老而仁慈的规定，母牛生下的小牛犊，有一半价值属于放牛人。等到小牛犊被戴上笼套，可以下地调教犁地时，父亲就会带着我，将它牵往公社的集市上，请嘴里叼着卷烟的检验员预估它的价格。估价时，父亲就会将他那瘦弱且营养不良的放牛娃儿子，也就是我，推到检验员跟前，望着他谦卑地呵呵笑，以期望激发他的恻隐之心，将牛犊的价格定得高一些。而检验员满不在乎的慷慨大度，也总能让我真切地体会到人心里藏着的那一念之善。尽管一半牛犊的价值，要在年终时才会以现金或粮米的形式兑现，但父亲仍会将我带到镇子上唯一的饭店里，给我买上满满一屉肉包子，在借故走开前，嘱咐我"一个人全吃掉"，以此来犒赏我起早贪黑的任劳任怨。

遗憾的是，母牛怀孕这样的事，并不经常发生。

虽说我成天与牛朝夕相处，但对牛这种动物，其实也说不上有什么深切的感情。这也不奇怪。因为放牛这件事，始终是梦寐以求想要摆脱的负担，你不可能与令人压抑的负担建立起什么真正的感情。

2

在印度佛教所建立的"六道"秩序中，人位列第三，排在天道众生和阿修罗之后。但天道众生（包括天龙八部中的非人神怪）与阿修罗也有很大的缺憾和局限性。比如天道众生"有美女而无美食"，更有衣裳垢腻、头花枯谢、身体秽臭、腋下汗出以及临终不安一类的麻烦，俗称"天人五衰"。而阿修罗则性情暴烈，容貌丑陋，"有美食而无美女"，一直与天道众生嫉嗔争斗不止。生而为人，其实已属难得。虽有不忍之苦，但好歹总有一些生存上的乐趣。最重要的是，人不像天道众生那般因耽于安逸而妨碍修道，极易生出解脱超拔之心。

在"六道"的等级秩序中，动物或畜生排位最末，其地位甚至不及地狱与饿鬼。

在中国传统的乡村伦理中，人与动物的界限，乍一看是明朗的、清晰的，没有太多暧昧的地方。天上的飞鸟，地上的走兽与游蛇，水中的鱼类都是自然的馈赠，属于大地的"无主"产物，与土地上出产的稻麦黍菽之类的植物，没有太大的区别。没有什么动物是不能为人所用的。家中饲养的牲畜当然更是如此。只不过，人作为"有情"的存在，在与动物或牲畜朝夕为伴的相处中，也会将属于人的情感，迁引至它们身上。从而产生出某种怜悯与亲切的情愫。对猫狗伴侣般的日常爱抚自不必多说，就是每到过年的杀猪之时，农妇们还是照例要用胡萝卜和豆饼给它做一顿好吃的，送它上路，以成始终之情。假如待宰杀的肥猪用拒绝进食一类的行为和主人"闹情绪"，农妇们的脸上总是疑云重重，并不时在心中长吁短叹：它是从何得知第二天要被宰杀的呢？莫非它能听得懂人话？还是说主人突然表现出的不祥善意，让它提前觉悟到自己即将到来的命运？

这种心头的疑云，有时也会让主人反顾自身，牵惹出主人种种不可告人的"玄秘之思"，因而黯然神伤。但那不过是刹那之念而已，并不妨碍她们在第二天观看屠户杀猪时纵声谈笑。年节将近时的喜庆氛围以及对于食物的渴望，也总是使宰杀过程笼罩上一层洋洋喜气。

不过，一般来说，只要出现人与动物的共处，也就必然会出现人与动物的瞻望与凝视。举例来说，当你处于蚕屋之中，看着蚕纸上密密麻麻的黑籽粒虫卵，几日间蜕变为幼蚕，在一片寂静的沙沙声中吃着桑叶，进而吐丝成茧，成蛹化蛾，牝牡交配而后老死，新一代的虫卵再次重复同一过程，转瞬之间而易数代，你会不会偶尔念及人类自身的重复繁衍，其意义何在？

动物实际上一直是人类生存的古老镜像。人从动物眼睛中看到的东西，远比他们明确意识到或愿意承认的，要多得多。

我们知道，离开了对动植物生命的觉知、省察和凝视，庄子几乎无法合理地思考并说明自身的存在，当然，我们也不会忘记，释迦牟尼悟道成佛之路，正是源于对待杀家禽的睇视。如果说，人类对动物的省察和凝视的结果，历来是作为一个不可公开言说的秘密，被锁闭于心灵的某个角落而不见天日，那主要是因为人类自身长年被束缚于严酷的自然环境中，忙于操劳和求生而无暇他顾。另外，人作为食物链顶端"假上帝"的自信与骄傲，一直受到人类自身所创造的文明或文化的保护。一旦人被自然抛了出来，被降格为与动物类似的"一般性存在"，人与动物之间本来存在的被压抑的"镜像关系"，就会突然彰显出来。反过来说，人对动物问题的关注与思考，也恰如其分地揭示出人在茫茫宇宙中的贫乏与无根基状态。到了近现代，对动物的再发现，使得人类有理由相信，就生命的完成过程而言，人的处境，甚至还远远不如动物。

3

尽管我在相对闭塞的乡村生活了十六年之久，与所饲养的水牛相伴六载，但对于动物的生存状况以及人与动物的关系，从未有过认真的思考。不论是野生动物，还是家养牲畜，它们的存在，受制于无所用心的"寻视"目光。寻视，意味着视而不见，或见无所见。通常来说，某个事物对人而言越是熟稔，它就越容易遭到忽略。

一九八一年秋，我离开家乡去上海读书。半年后返回家乡时，我看见村西的打谷场边，矗立起了一幢崭新的院宅。院子里冷不防闪出一条大黑狗，立于道路中央，朝着我狂吠不止。正在畏缩踌躇之际，我们家里的那条小黄狗，或许是听到了动静，箭一般地从村头蹿了出来，沿着沟渠边的田间小径一路飞奔，来到了这座陌生的宅院前。它与大黑犬耳鬓厮磨了一番，终于让暴怒的同伴安静下来，并很快给我让出了道。

等到我过完年返回上海时，小黄狗居然没有忘记提前去打谷场的宅院前与黑犬打招呼，并一路护送我走过群狗出没的邻村。最后，它终于在数里之外的一个丁字路口停下了脚步，目送我走远。几番迎送，几度离聚，我对它的牵挂与日俱增。两年后的一个夏天，当我回到家中，四处打量，再也寻觅不到小黄的踪迹之时，不由得悲从中来，难以遏止。正因为我能猜到它到底去了哪里，更不敢贸然向家人打听它的下落。从那以后，每逢宴席上出现狗肉，我都会有一种莫名的反感与厌恶。

在华东师大读大二时，教我们英语的毛履鸣老师，是一位眉清目秀、风度翩翩的德国海归。他只教了我们半年，但我却在心里牢牢地记住了他。这当然不是因为他长相俊美，也不是因为他在说英文时，会时不时地带出一些德文单词。让我对他念念不忘的原因是，在他自编的阅读材料中，出现了一篇让我过目不忘的英文散文。

这篇文章的题目我早已忘了，但直到现在，我还能记住教材的封皮是绿色的，当然，我也能记住它的大致内容。

这个作品通篇记述的是松鼠的生活，但它真正思考的对象，却是在文中一字没有提及的人的生存。它在描述小松鼠在树林间快活、无忧无虑的嬉戏画面时，并没有像时下随处可见的儿童读物那样，刻意将松鼠的生存浪漫化。相反，文章特别强调了松鼠那种没有保护的、严酷的生存环境，以及随时都可能遭遇到的各种危险和不幸。比如疾病、被其他动物猎杀、在试图穿越马路时命丧车轮之下。但小松鼠仍然是快乐的，勇敢的，无所畏惧的，仍然不带忧惧地沉浸在自然的游戏之中，从而圆满地完成其"在世"的生命历程。

读完这篇文章之后，我不禁对松鼠以及许许多多的动物，产生出某种羡艳之感。似乎一直被人瞧不起、更为低贱的动物的生存，形成了某种反转或颠倒，足以成为人类的心灵导师。其中最为重要的理由或许是：动物只会死一次，而人类（尤其是成人）则会死亡无数次。换言之，人无时无刻不在畏惧、忧虑逃无可逃地悬临着的死亡。

在往后的生活中，不论我走到哪里，只要看见公园里、林间空地上蹦蹦跳跳的小松鼠，总会立刻想起那本油印的阅读材料中所选录的文章。这大概就是我思考人与动物关系的开始。

"9·11"事件发生的那天晚上，我和几个作家朋友在石家庄的一位友人家做客。电视机里循环播放着飞机撞击大楼的画面，大伙儿聚集在客厅里，神色凝重，木然而立，对世事及未来的担忧，甚至让大家忘记了交谈。

后来，我一个人来到露台上抽烟时，看见两只小松鼠在廊架的木柱上跳上跳下，互相追逐嬉戏。我脑子里忽然闪过了这样一个念头：小松鼠大概不会知道，在遥远的曼哈顿，发生了举世震惊的重大事件吧？

4

斯多葛派哲学家塞涅卡，很早就洞悉了人类生存的脆弱和忧惧。他将大地上的生灵分为了树、兽、人、神四个类型。其中的神即为造物主，而树、兽、人都属于受造物。既然是受造物，其生存就是有条件的。神的"圆满具足"自不必说，树与兽因为无知或智力低下，无须像人那样为死亡而忧心，一只眼睛盯着人世的功名利禄，一只眼睛斜视着冥间的深渊而不时战栗。

帕斯卡尔在《思想录》中也曾说，人类生存的条件其实最为苛刻，这反映了人类生存的脆弱性——声音过小听不见，过大了又受不了；天气太冷固然活不下去，但太热也不行；光亮过强、快乐过度、真理过多都不行。适合人类生存的那些空间和条件，其实极为狭窄、苛刻。

塞涅卡在思考人的本质和特殊性时，将人的生存与时间意识关联了起来。死亡不在过去，也不在未来，而就在我们近旁的某处。我们在经历他人的死亡时，早已清楚地知晓了这个秘密。但出于恐惧和脆弱，人类假装对它视而不见。与塞涅卡一样，尼采也立足于人的立场，对动物的生存表达了强烈的羡慕之情。他在《历史对于人生的利弊》一文中说：

> 请观察在你身边吃草的畜群，它们不知道昨天和今天是什么，跳跃、进食、休息、反刍，再跳跃，一直这样从早到晚，一天又一天，同其短期的快乐与不快捆绑在一起，拴在眼前的瞬间，因而既不会忧郁也不会厌倦。人看到这，很是难受，因为在兽类面前吹嘘人性，然而却嫉妒兽类的幸福。[1]

---

[1] 参见《里尔克〈杜伊诺哀歌〉述评》，刘皓明译，上海文艺出版社2017年版。

在川端康成的《古都》中，植物和动物，并不是被作为一般自然环境的现成对象来加以描述的。无论是寄居在老枫树长满青苔的树干上的紫花地丁，还是养在两罐旧丹波壶中名为"金钟儿"的昆虫，千重子在长时间观察它们时，有意将植物、动物以及人的命运放在一起，来比照静观。

如果算上紫花地丁下方那一盏雕刻着基督像的旧石灯笼，塞涅卡对树、兽、人、神的区分，在现代文学全新的装置结构中，被再次重写。

塞涅卡的"受造物"，在川端的笔下，也换了一种说法，成了"自然赐予的生命"。养在旧丹波壶中的两罐金钟儿，每年七月孵出幼虫，八月即开始鸣叫。它们的出生、鸣叫、交配、产卵与死亡，均在不见阳光的壶中进行。它们在黑暗中降生，在黑暗中死去，但仍然不会忘记它们来到世界的唯一使命：鸣叫与歌唱。

与人的处境相比，无论是寄生在树洞里的紫花地丁，还是栖身在黑暗丹波壶中的金钟儿，它们的生存受到更为严酷的限制，并无任何的"自由"可言。千重子在为它们顽强的生命力感到钦佩乃至感动的同时，也会"蓦然"反省自己的生存：

那么我自己呢……

在川端康成的另一部名作《雪国》中，动物（尤其是昆虫）的生生灭灭，亦被明确无误地当作了"人间生活"的平行镜像加以呈现。纱窗上粘着的飞蛾，如蒲公英绒毛般飞舞的蜻蜓，矮桌与铺席上落了一层的小羽虱，无时无刻不在向它们的观察者提示着生命的无意义与徒劳无益。

与川端康成几乎同时代的志贺直哉，也是一位现代意义上孜孜不倦的"动物观察者"。在他早期的创作中，对动物的凝望与沉思，几乎成了写作最重要同时也是取之不竭的源泉。被雨水冲入某个角落的蜜蜂的尸体，在石块的重击下断成两截的蝾螈，身体和头部都被竹签贯穿仍然挣扎求生的老鼠，无不映射出人类荒凉、无趣、惨烈的命运。到了志贺直哉的晚年，他仍然醉心于创作一个个耐人寻味的动物寓言，来打发自己寂寞的暮年时光。

在现代文学的诞生过程中，动物再度被发现，已经成了一个意味深长的"历史事件"。那些原本处于自然怀抱中的动物们，也被抛了出来，以一种全新的姿态摆到了人类的面前。卡夫卡通过对人类地位的降置或下坠，来探寻深渊的基底时，人本身也成了"类动物"。时至今日，不论是在社会生活中，还是在文学、历史和哲学研究方面，对动物生存状况的关注与再思考，俨然已成为一个十分流行甚至过于时髦的话题。

毫无疑问，里尔克的晚期诗作，也是透过动物这个中介，来展开他别具一格的文学与哲学反思的。

5

在里尔克晚年最伟大的诗篇《杜伊诺哀歌》与《致俄耳甫斯的十四行诗》中，通过动物与人的反复比对，来表达他深邃、细腻的哲思与诗意，已成为了一种随处可见的独特手法。这一手法，在《杜伊诺哀歌》的第八首中，表现得尤为集中和典型。在这首诗的开头，诗人如此吟唱道：

> 受造物所有的眼看到的都是
> 空旷。唯独我们的眼
> 仿佛反过来，环绕它设置
> 如同陷阱，在它通畅的出口周围。[①]

前面已经说过，树、兽、人都是受造物，但在里尔克的概念里，在大地上生存的动植物或芸芸众生，有一个特别的名称，叫作"伟大的寻常之物"，而人却不在其中。这里的"空旷"一词（也有人译为"敞开"），指的并不是天空、空气和一般性空间，而是广袤且没有尽头的世界整体。动植物隶属于这样一个无限敞开的整体。但环绕着这些生灵的人，却与之相反，他们在离开了神与大地的庇护之后，只能孤独

[①] 参见《里尔克〈杜伊诺哀歌〉述评》，刘皓明译，上海文艺出版社2017年版。

地自行设定自身的存在——这也是自笛卡尔以来的现代形而上学一直关注的核心问题。

一九二六年,也就是里尔克去世前的最后一年,他在给一位俄国读者的回信中,曾这样写道:

> 动物的意识程度把动物投入世界,但动物没有每时每刻都把自身置于世界的对立位置(我们人却正是这样做的)。动物在世界中存在;我们人则站在世界的面前……①

在这里,里尔克的意思无非是说,因为动物将自己融入世界之中,它在自身之前和自身之上就具有那种不可描述的敞开(空旷)的自由,可以直接在整体性的世界上行走、出没进而衡量自身,而人站立着所面对的世界,已经成了一个不透明的、始终被锁闭着的"对象"。在很大程度上,它往往是作为"陷阱"而存在的。

接下来,里尔克继续感叹道,动物的目光是如此深刻,而人类(即便是幼小的带有动物性的儿童)却不得不让目光从"空旷"中收拢回来,徒劳地注视着自己的姿影:

---

① 参见海德格尔《林中路》,孙周兴译,商务印书馆2018年版。

……对自由的畜生，

衰败永远在它身后

而它面前是神，它走动就走

进永恒，就像泉的流淌一样。

我们从来没有，没有哪怕一天，

在我们前面有过纯粹的空间，花无尽地

绽放于其间……①

在里尔克看来，相对于人而言，动物的目光既安详又清澈，存在对它而言是无尽的广袤。它看到的是整体，是一切。正因为它身处一切中，它能将衰败留置于身后。而人在生存中的每一个瞬间，不仅朝向死亡，而且在"想着一件事时，完完全全地，另一件的耗费已然是可感的"（参见第四首）。也就是说，人在每一个当下，都无法挣脱对于未来的恐惧，以及"那种将我压垮的"记忆。我们似乎不是在生活，而是生活的旁观者。我们"朝向万物"，但却无法穿透它的"不透明"。

那么，把充塞着我们的世间万物，作为对象化的材料加以设置、整理乃至妥善利用，那又如何呢？众所周知，自从人将自身（而不再是"天地"或"神"）设定为存在的依据

---

① 参见《里尔克〈杜伊诺哀歌〉述评》，刘皓明译，上海文艺出版社2017年版。

之后，我们一直是如此行事的。我们早已习惯于按照自己的想法去设定世界，整理世界，利用世界，摆布世界。但里尔克对此却十分悲观：

> ……我们整理它。它就分崩离析。
> 我们再整理它，自己也分崩离析了。

在这首诗的结尾部分，诗人提出了一个看似无理，却是现代哲人始终在不懈追问的问题：

> 是谁把我们这样扭转，使我们
> 无论做什么，都带着一个
> 行将离去的情态？……
> 我们就这样生活着并且总是在道别。

这一朝向人类文明史，朝向存在本身的设问，使整首诗的悲哀氛围愈加浓郁。尽管如此，这首诗虽说自始至终被压抑、阴暗和绝望的基调所笼罩，但里尔克的字里行间，也蕴藏着某种人类超越自身局限性的动机，或者说，诗人以阴郁的笔调所描述的不透明的黑暗，也透露出了一丝熹微的天光。

这首诗中偶然提及的"幼小的孩子"，似乎略不经意，但却指出了一个对自身生命加以肯定的大致方向。蚊蚋之所以是幸福的，那是因为它的世界"全是子宫"，它只在子宫内部跳跃。对人类而言，孩子们距离受到保护的子宫更近。在他尚未完成"转向"和"成熟"，被迫像人一样扭转其身姿之前，当裂璺还没有来得及贯穿整个生命之杯，沉溺在游戏之中的孩子，或多或少还是无忧虑的。对孩子来说，世界还有一丝温柔，还没有显现为遥不可及的"距离"。正是在这个意义上，华兹华斯将婴孩称为"成年人的父亲"。

另外，这首诗还对"恋爱中的女子"进行了一番细致入微的摹画。按照诗人的看法，本来，恋爱中的女子之眼，是有可能像动物那样，看见世界的深邃、宽阔和广袤的。但可惜的是，恋爱对象的身影，像一堵墙一样挡住了她的视线。她无法越过面前遮蔽其视野的身姿，看不到他身后令人惊异的"无限"，于是她只得重返人的世界。在一九二六年给俄国读者的信中，里尔克对此有过更为清晰的解释：

>　　（相比于动物的自由与敞开）……我们人这里也有等价的东西（极度短暂），但或许只是在爱情的最初瞬间，那时，人在他人身上，在所爱的人身上，在向上帝的提升中，看到了他自己的广度。[①]

[①] 参见海德格尔《林中路》，孙周兴译，商务印书馆2018年版。

爱情的瞬间比较容易理解,"向上帝的提升"又是什么意思呢?

如果我们将它理解为重返上帝的怀抱,那就大错特错了。里尔克本人在给波兰译者的信中,也断然否定了人类的救赎与基督教的天堂存在任何关联。如果说,在十首哀歌中,确实存在某种超越性的拯救力量,它毫无疑问就是"天使"。这里的"天使",也是里尔克所创造出来的一个新概念。在《穆佐书简》中,里尔克坦承,《哀歌》中的天使,属于这样一种事物——它保证我们在不可见的领域中去认识世界的更高秩序。

那么,我们应该如何理解里尔克笔下的"天使"呢?

6

一九二四年八月十五日,恰逢圣母升天节,里尔克于穆佐城堡给妻子克拉拉·里尔克写去了一封信,并附上了一首"即兴诗"。

这首诗的写作时间大致可以确定为同年的六月份,原先是写给朋友卢修斯男爵的。该诗也沿袭了动物与人彼此观照的思路。在他晚年的诗作中,这首诗的重要性毋庸置疑。为纪念里尔克逝世二十周年,海德格尔于一九四六年发表了著名的演说《诗人何为?》。对这首诗逐字逐句的分析与阐释,构成了这个演说的基础。

全诗如下：

> 正如自然一任万物
> 听其阴沉乐趣的冒险摆布，而绝没有
> 以土地和树枝给予特殊保护，
> 同样，我们对自己存在的原始基础
> 也不再喜好；它使我们冒险。不过我们
> 更甚于植物或动物
> 随这种冒险而行，意愿冒险，有时甚至
> 冒险更甚（并非出于贪营私利），
> 甚于生命本身，更秉一丝气息……
> 这就为我们创造安全，在保护之外，
> 那是纯粹之力的重力的统辖之所；
> 最终庇护我们的，是我们的无保护性，
> 而且当我们看到它逼近时，
> 我们已改变了它，使之进入敞开者中，
> 为的是在最宽广轨道中，
> 在法则触动我们的某个地方，来把它肯定。[①]

[①] 海德格尔：《林中路》，孙周兴译，商务印书馆2018年版。

我认为，这首短诗清楚明了，却寄意深远。它的核心概念只有两个：冒险与冒险更甚。里尔克说过，存在本身就是"绝对的冒险"。在这一点上，人与动物没有什么根本的不同。人和动物都受到"纯粹重力"统辖，他们的存在，都是以彻底的"无保护性"为前提的。不过，人与动物的生存，也有一些值得细较的区别。在里尔克看来，动物在大地上行走，听任冒险的摆布时，有一种"阴沉的乐趣"。海德格尔将"阴沉"阐释为"镇静"，也就是说，"阴沉"并非消极意义上比人更低贱的东西，它是动物这种"伟大的寻常之物"固有的特质。在随冒险而行时，动物仍归属于重力牵引的世界的整体。正因为如此，动物反而比人更能够在镇静的无忧之中完成自身生命。这是动物让人羡慕的地方。

而人一旦失去了诸神和上帝的庇佑，也就立刻坠入到了动物般的彻底的无保护性中。只不过，人的做法与动物大异其趣。人通过摆置或改造自然，将自然界的一切都视为实现自身意愿的材料，从而人为地计算并试图逃脱纯粹的重力牵引，并规避生存上的种种风险，将自己纳入到一种虚假的保护性之中。

可这样一来，人就把自己通往敞开与空旷的道路堵死了。列夫·托尔斯泰显然洞悉了生存的奥秘，他将人的生活区分为两种完全不同的类型："安全的生活"和"真正的生活"。而所谓的安全，在彻底的无保护性面前，不过是一种自欺欺人的假象。不管人如何地追求安全和保护，在终有一死的攸关处，仍有深渊存在。因为一般人对安全的寻求，并不能从根本上消除"无保护性"，反而让自己无时无刻不处在虚弱与恐惧之中。

在当今之世，我们应当如何从动物身上学到真正的智慧呢？里尔克在这首短诗中提出了一个比《杜伊诺哀歌》更激进的设想：人不仅应该像动物一样"随冒险而行"，将意愿冒险看成是生存的前提，而且要"冒险更甚"！

里尔克这里的逻辑是，只有当"冒险更甚者"敢于无视危险的存在，不顾"非存在"的威胁，大胆进入生存根基的破碎之处，入于深渊，超绝于无保护性之上，我们才能获得动物一般的镇静，才能在无忧中重获真正的安全。正如海德格尔所发现的那样，如果将"无保护性"的德文词颠倒过来，它的意义就成了"庇护者"。海德格尔进而认为，"冒险更甚"这一品质，属于人类的勇者与佼佼者，也是"贫困时代"诗人的天职。正因为拯救只能从危险之处来，所以荷尔德林才会说：

　　哪里有危险，哪里也就生出拯救

里尔克笔下的"天使"形象，不是什么别的东西，她是在敞开的、无保护性的生存中使我们重获镇静的现代神祇。当然，她也是如俄耳甫斯一般无所畏惧、不知疲倦的歌者。

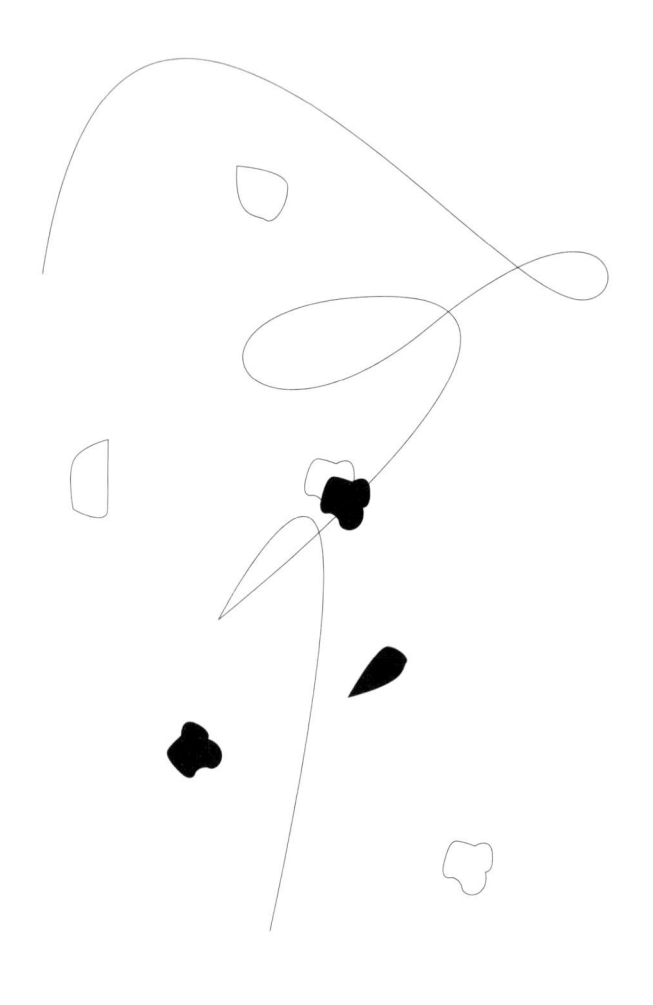

没有谁不是在漫长生存之旅的起点，
便已精疲力竭。

意外的重逢

1

多年来，在研究生"小说叙事研究"的课堂上，瓦尔特·本雅明的《讲故事的人——论尼古拉·列斯科夫》一文，一直是学生们的必读篇目。有时，我也会布置学生进行课堂讨论。本雅明的这篇文章，以俄罗斯作家列斯科夫独树一帜的创作为例，来阐述传统民间故事形式向现代小说过渡的历史进程。在本雅明看来，传统讲故事的人，是一个对读者有所指教的人，而现代小说则致力于寻找"生活的意义"。两种艺术形式的历史构成因素判然有别。

随着列斯科夫的文学地位在最近几十年里的急剧上升，他作品的中译本在国内已经不难找到。但本雅明所讨论的对象不限于列斯科夫，还涉及到其他的欧洲作家。比如说，在这篇文章的第十一小节，本雅明提到了一个名叫约翰·彼得·黑贝尔（Johann Peter Hebel）的德国作家，并扼要分析了这位作家"无可比拟"的名作《意外的重逢》。

然而，谁是约翰·彼得·黑贝尔？

这不光是我与学生在课堂上讨论这个作品时偶尔会盘旋于脑海中的问题，也是海德格尔在一九五四年的讲演中，郑重其事向听众们提出的问题。这说明，即便是在黑贝尔的故乡德国，他的名字也差不多已经湮没无闻，不为人知了。

一年秋天，我的课堂上来了一位刚从德国访学归来的研究生，我遂请她担任这门课的课代表，并委托她帮着搜罗一下黑贝尔作品的中译本以及其他相关材料。大约两三个星期后，这位同学交给我两个黑贝尔的中译本，其中之一是"中德学会"于一九四〇年编辑出版的黑贝尔短篇小说集（杨丙辰译）；另一本则是作家出版社于一九五六年翻译出版的黑贝尔三幕戏剧《玛利亚·玛格达莲》（廖辅叔译）。

就在这两本书快要读完的时候，我在一次聚会上见到了北京大学一位从事德国文学研究的学者。黑贝尔，正是他博士学位论文所研究的对象。在那次聚会上，我一直缠着他问这问那，话题总也离不开黑贝尔，弄得那些不知道黑贝尔是谁的朋友们大为扫兴。最后，这位学者好心提醒我，我正在阅读中的那两本书，"很可能"不是约翰·彼得·黑贝尔的作品，而是出自另外一位德国作家弗里德里希·黑贝尔（Friedrich Hebbel）的笔下。这也是一位兼诗人、小说家和剧作家于一身的大师级作家。卢卡奇在《小说理论》中曾将他与歌德相提并论,并推许其为"伟大田园诗"的作者。如此说来,不论是我,还是学生们,能在国内找到的"黑贝尔"作品,大多都可以归入弗里德里希的名下。比如说,钱春绮所编译的《德国诗选》一书,选译的五篇诗作,都是弗里德里希的作品。

那么,谁是约翰·彼得·黑贝尔?这仍然是个问题。

我也曾写信向海外的几位学者朋友请教,有的闪烁其词,语焉不详,有的干脆对我的询问置之不理。二〇一三年,重庆大学出版社编辑出版了一本《德语短篇小说经典》,两个黑贝尔的作品都被选入其中。但不知何故,本雅明所激赏的那篇《意外的重逢》,却没有收录。

时间不知不觉来到了二〇一九年的六月。中信出版集团出版了约翰·彼得·黑贝尔《莱茵家庭之友的小宝盒》的选译本,以中英文对照的形式,收入了"企鹅经典"丛书,正式与读者见面,《意外的重逢》竟赫然在列。

至此,我们也终于有机会通过中译本,来领略一下这篇被许多人称为世上"最美短篇小说"的作品的大致风貌。

2

在瑞典的法伦,有一位年轻的矿工,一面亲吻着他美丽的未婚妻,一面对她如此表白道:"到了圣露西亚节(十二月十三日）这一天，我们的爱情将在牧师的手中得到祝福，并结为夫妻。"未婚妻带着甜蜜的微笑回答他说："你是我的唯一和全部，离开你，我除了坟墓哪里也不想去。"

然而，他俩还没有来得及等到圣露西亚节那天，牧师还没有机会在新婚仪式上说"如果有谁反对这两位新人结成婚姻的，请站出来陈述理由"，死亡就站了出来。

有一天早上，小伙子穿着他那乌黑的矿工制服从姑娘的房前走过——矿工们总是穿着他自己的寿衣。他又一次敲响了未婚妻的窗户，对她说早安，然而他却没有机会对她说晚安了。

他再也没能从矿井里升上地面。

矿难发生的那天上午，姑娘因为无事可做，就系上了她为婚礼准备的黑色围巾。当她得知未婚夫死于矿难的噩耗之后，她把围巾取了下来，为他哭泣，并对长眠于地下的恋人念念不忘。

这就是《意外的重逢》这篇小说的开头部分。在这篇不到一千五百字的精悍杰作中，几乎每一句话都值得读者细细咀嚼，反复推敲。

在年轻矿工向妻子表白的时刻，死亡的阴影就已经牢牢地罩住了他。而在未婚妻的答辞中，"坟墓"一词，读上去既像是轻描淡写，又带给人强烈的不祥之感。在上述那段文字里，我们想必会留意到，矿工们下井时，穿着乌黑的制服。叙事者唯恐读者忽略掉这个暗示中的死亡意味，又特意强调说，矿工们总是穿着他们自己的寿衣。小伙子向姑娘道了早安，却没有机会向她道晚安了。另外，姑娘在无聊中系上的围巾也是黑色的——它本来是为婚礼准备的，实际上却成了丧服的佩饰。

在故事刚开始的时候，叙事者如此密集地强调死亡的将临，显得颇不寻常。

对于发生在这对情侣身上的不幸，现代读者通常会倾向于认为，这对年轻的未婚夫妇"运气"不佳——在婚礼即将举办的前夕，死神突如其来地拜访了他们，并带走了其中的一个。在这里，死亡或命运，呈现出了令人惊异的突然性。当然，这样来理解这篇小说的开头，似乎也没什么不对。可我还是坚持认为，作者黑贝尔在这个开头中向读者敞开的，绝非是命运的无常和死亡的突然，而是恰恰相反。死亡并不是一个未来的事物。它不是蹲伏于未来某处的庞大之物，等待着一个将我们吞没的机会。我想说的是，死亡总是先行一步。甚至在我们出生之前，它就存在着，与我们日夜相伴。我们与死亡的相遇，不过是回到了未来的"从前"。

生活在古代社会中的人，之所以能够视死亡为平常之事，坦然面对并加以接受，是因为他们生活在自然之中，尚未与大地完全分离，仍能洞悉生存及命运的奥秘。在这里，黑贝尔通过他节制而冷静的笔触，试图向读者呈现的，恰恰不是死亡的戏剧性或无常，而是天地运行以及宇宙秩序的漠然与恒转不变。中国儒家学说很少使用"无常"这个概念，这或许是因为，在儒家看来，所谓无常，不过是"恒常"的一个不同的说法而已。

当然，天地运转和世间万物的恒定秩序，决不会因为一个年轻矿工的死亡而发生任何变化。时间也不肯为这对情侣的不幸停下它的步履。正如黑贝尔在诗歌中常说的那样，太阳忙碌了一天之后，就会把巡游天地的事务交给月亮。牟宗三也曾说过，人生好比坐火车。死亡仅仅意味着你不得不下车，而火车还是会径自向前，朝着它那无人知晓的目的地进发。

沉舟之侧，千船竞发。病树之前，万木争荣。

在那位年轻的矿工死亡后的五十年之中，世界和时间的车轮，依旧以它自身固有的惯性不紧不慢地向前滚动，编织着人类历史的基本经纬。

紧接着开头的这段文字，黑贝尔出人意料地这样写道：

> 与此同时，葡萄牙的里斯本城被地震摧毁，七年战争结束了，弗兰茨一世皇帝去世了，耶稣会被解散，波兰被瓜分，玛利亚·特利莎女皇去世，施特林泽被处决，美国宣告独立，法国和西班牙联军没能攻破直布罗陀。土耳其人将斯坦因将军关进了匈牙利的"老兵山洞"，

约瑟夫皇帝也去世了。瑞典的古斯塔夫国王从俄罗斯手里夺取了芬兰,法国大革命引发了长期战争,利奥波德二世皇帝也进了坟墓。拿破仑征服了普鲁士,英国人炮轰哥本哈根。农民们播种又收割,磨坊主磨面,铁匠们敲打,矿工们在地下工场中挖掘金属矿脉。①

在《讲故事的人》这篇文章中,本雅明对黑贝尔这种别具一格的讲故事手法评论说:从未有一个故事的讲述者,像黑贝尔那样,在一段编年史中,将个人的命运深潜于"自然流程的历史"中去,在其中,死亡日复一日地呈现。

我们不难发现,在《意外的重逢》这篇小说中,黑贝尔向读者陈列出了三种彼此关联却又各自向前、各行其是的历史、时间或道路的维度。首先是个人的命运和死亡。它如其所是地"从容"发生着,日复一日,不以任何人的意志为转移。矿难导致的死亡事件,意味着个人时间的中止,个人道路的中断,个人历史的消歇。第二个维度,就是由重大历史事件特别是政治人物的命运所构成的"世界时间"或编年史进程。而第三个时间维度,则是个人生存以及世界历史得以建基的静默而广袤的大地或宇宙的律动,也就是本雅明所强

---

① 约翰·彼得·黑贝尔:《意外的重逢》,收入"企鹅经典:小黑书 第三辑"《一个可怕的故事是如何被一条普通的屠夫的狗公之于众的》,杜旻译,中信出版集团 2019 年版。

调的"自然流程",也可以被理解为老子所谓的"天地不仁"或"天地无亲"。

前两个历史或时间维度,为我们的日常经验所熟知。唯独最后一个,因其不可言说和无法撼动,我们通常对它缺乏感知,视而不见。不过,在黑贝尔美妙绝伦的故事讲述中,"静默的大地"所象征的宇宙恒常秩序,还是透出了些许"消息":

> 农民们播种又收割,磨坊主磨面,铁匠们敲打,矿工们在地下工场中挖掘金属矿脉。

值得留意的是,这段文字紧接在"世界历史"的进程之后,向我们敞开了一段伟大的寂静。以复数形式出现的各行各业的忙碌的人们,匍匐在大地之上,从事劳作或制作,使不可言说的"自然"或"大地"露出了它那无形的轮廓。正如海德格尔所指出的那样,永不停息的劳作本身,将世界开启出来,让所有的事物各得其所,获得了自己的大小和快、慢、远、近,赋予广袤的世界以形式,让锁闭的大地得以涌现。在农人和工匠们的劳作面前,在静默、厚重的大地面前,由政治人物和重大历史事件所构成的那个世界史,亦陡然失去了它的重量,变得轻如无物。

就这样,黑贝尔将一个普通矿工的寻常死亡,镶嵌在了径自往前的世界历史之中，并由流水账般的"世界大事"，折返至由生生不息的劳作所开启的"自然流程的历史"，最后，通过农民们、磨坊主、铁匠和矿工的一一列举，让他的文字再次聚焦在寻找金属矿脉的矿工身上，从而让故事回到了它的起点。奇妙的叙事跌宕有致，流水无痕。

这位不知名的矿工虽然已经死亡多年，但他的命运并未就此终结。而对于那位终身寡居的未婚妻来说，被中断的婚礼，仍会以出人意表的方式，最终得以完成。

在矿工罹难五十多年后，具体来说，到了一八〇九年的圣约翰节前后，法伦的矿工们在试图打通两条竖井之间的地下甬道时，在距离地面大约一百五十米的矿井中，挖出了一具年轻的尸体。至此，时间或命运又一次重现了它那残酷而凄美的不对称性——在绿矾水（铁硫酸）的保护之下，小伙子竟然毫发无损，英俊的面庞栩栩如生，仿佛才刚刚死去了一个小时，又像是在井下劳作的间隙"打了个盹儿"。而当年美丽的未婚妻，如今已变成了一个满脸皱纹、拄着拐杖的老妪。

对于无时无刻不在思念着丈夫并依靠回忆过活的未婚妻来说，五十多年的光阴又意味着什么呢？它或许像天老地荒那么漫长。因为当恋人死于矿难之后，时间已经终止。她在余生中唯一可做的事，就是静静等待自己的死亡。另一方面，望着小伙子年轻的面庞，她又觉得两人分别的时间，只相当于一个小时,或不到一个小时;她意识到,大地只是把她心爱的未婚夫扣留了一小会儿,又以它那无量的慈悲,一转眼还给了她。

在小说的开头,期待中的婚礼,弥漫着死亡和葬礼的气息;而到了小说的结尾处,葬礼又重新变回为真正意义上的婚礼。当闻讯赶来的老妪,跪倒在恋人尸体前的时候,"她心中的喜悦胜过了悲伤"。

年迈的未婚妻让矿工们将恋人的尸体抬进了她的小屋,"仿佛这具遗体是她一生中拥有的唯一东西"。当教堂边的墓地挖好之后,她从一个小箱子里拿出了那条原先为婚礼准备的、镶着红边的黑围巾,系在了脖子上,并穿上了最好的衣服,将恋人的遗体送入墓穴,并期待着不久之后的再次重逢。

3

《意外的重逢》只写了两个人物:年轻的矿工和他的未婚妻。小说实际上也只叙述了一个单纯而具有寓言性的故事,即矿工与未婚妻的分离与重逢。除此之外,两个主人公的过往经历、性格、生活境况、家庭成员和社会关系,一概被省略了。虽然只有两个人,虽然他们未及成婚即阴阳永隔,但两人所构成的世界,仍可被称为真正意义上的"家"。

因此这篇小说所描述的与其说是爱情，还不如说是将两个人联结在一起的婚姻及其命运；与其说是个人意义上的生死，还不如说是建立在大地之上的"家"所发出的特殊光芒。了解这一点，对我们理解黑贝尔作品的真正寓意十分重要。因为，青年矿工作为一个深埋于地下长达五十年的"死者"，由于"家"的存在，他仍然是有命运的。

随着矿难的发生，矿工的生命终结在一个命运安排的瞬间。他不可能知道自己死后的世界，还有向前延展的历史进程。但如果有那么一个异想天开的人，执意要想了解自己死后的世界，或者说，提前知悉没有自己的世界到底是个什么样子，那他唯一的办法，就是将自己预先变成一个活着的鬼魂或幽灵。

这正是美国作家霍桑在他闻名遐迩的小说《威克菲尔德》中讲述的故事。

与约翰·彼得·黑贝尔一样，霍桑在这个作品中也构建了一个只有两个人的最小化家庭世界。夫妻二人既没有子女，也没有亲属和其他社会关系。伶俐的女仆和邋遢的小听差，也只是在不经意中被提及。最重要的，夫妻二人也经历了突如其来的分离与意外的重逢。

霍桑长年生活在美国的小镇上，但故事发生的地点，却被刻意安排在了十九世纪的伦敦。

人到中年的威克菲尔德，是一个既忠厚又慵懒的"好人"，但多少有点儿冷漠与孤独。十月里的一个黄昏，威克菲尔德一手拿着雨伞，一手拎着旅行袋，突然没有任何理由地与妻子告别。他只是说要搭乘夜班车到乡下去，当晚不会返回家中。他计划在乡下耽搁三四天。妻子默默地把手递给他，接受了他临别前的一吻。丈夫离开时，顺手带上了房门，但不知出于什么动机，又把门推开了一条缝儿，将他的脑袋伸了进来，朝妻子狡黠一笑，随后就不见了踪影。

很多年后，时间把这个独自在家的可怜的妻子变成了"遗孀"之后，她唯一能够记住的，就是丈夫临出门时的微微一笑。

在黑贝尔的笔下，分离源于突发的灾难和死亡，而在霍桑的作品里，分离不过是出于人为的"灵机一动"。就连威克菲尔德本人，似乎也弄不清楚，自己为何要这样做。

其实，威克菲尔德并没有走多远。他既没有去乡下旅行，也没有找个人迹罕至的地方躲起来。他选择了一个离家不远处的小旅店，隐居在自己家近旁的一条街上。在中外文学史上，记述"隐居"生活的作品数不胜数，但从未有一个作家，让笔下的主人公隐居在自己的家门口。按照威克菲尔德秘而不宣的设想或计划，他本想在自己家附近躲上一个星期左右的时间，看看没有自己的世界，到底会发生一些什么事。问题是，事情随后发生了不可思议的根本转折——他在紧邻自己家的那个旅店中，一待就是二十年。

我们必须留意的是，在威克菲尔德荒唐的行为背后，离别或时间本身，对夫妻二人显现的意义完全不同。对威克菲尔德而言，在他一再推迟回家的延宕和犹豫不决中，二十年的时间，只不过意味着与妻子分离了"一小会儿"。或者说，他只是在旅店的床上"打了个盹儿"；而等待丈夫回家的遥遥无期，混杂着猜测、焦虑、悲伤、思念与绝望的企盼，足以将妻子变成一个不折不扣的"寡妇"。

在隐居期间，威克菲尔德的脑子里只想着这样一件事：他想要看看，对于自己的不明缘由的"消失"，熟识的邻居和朋友们都会有怎样的反应。再有，他也很想知道，在没有他的世界里，妻子是如何生活的。因此，他时不时地像幽灵一样，悄悄潜回自己的家门外，在暗中察看妻子的一举一动。

在他"失踪"后的第三个星期，他发现一位药剂师走进了他的家门。又过了一天，他看见一位医生应邀前去给妻子治病。很显然，妻子因为不安和过度的焦虑，身体出了状况。威克菲尔德的思绪中，也曾闪现过妻子死亡后葬礼的画面，但他仍然拒绝回家。这说明，他自恋、冷酷、深不可测的好奇心，已远远超过了他对妻子安危的担忧。

从那以后，威克菲尔德照例戴上了他那用来化装的红色的假发，穿上五花八门的新服装，着了魔似的围着自己的家转悠，但一次也没有迈进过家门。

由于内心的愧疚，也可能是出于其他原因，他对妻子的感情不减反增，对她仍一往情深，忠心耿耿。而妻子在熬过了最初的焦虑和痛苦之后，开始逐步接受了丈夫的失踪的事实，在内心将他定义为一个下落不明的"死者"，并渐渐把他淡忘。

十年后的一天，在熙来攘往的人流中，这对久别的夫妻，终于在伦敦街头迎面相遇。那时的威克菲尔德，早已经变成了一个瘦骨嶙峋、目光无神且游移不定的老人了，而他的妻子也成了一个体形臃肿、老态龙钟的老妪。她手里握着本祈祷书，正在走向教堂。长期的寡居生活，在她脸上留下了顺从命运、无欲无求的宁静。他们擦肩而过时，拥挤的人群发生了小小的拥塞，她的胸脯顶住了威克菲尔德的臂膀，手指相触。他们面对面站定，互相凝视着对方的眼睛。随后人潮退去，两人被各自卷开，寡妇恢复了原先的步态，就像什么事都没有发生，仍旧朝教堂走去。当她走到教堂门口时，忽然站住了，回过头来朝大街上投去深感困惑的一瞥。

这一意外的重逢，显然让威克菲尔德的心灵受到了极大的震撼。他回到隐居的旅店，插上门，扑倒在床上，激动地喊道："威克菲尔德，威克菲尔德，你疯啦！"

在那一刻，百感交集的威克菲尔德，心里到底想到了什么，作品并未交待，我们也不得而知。但作者霍桑透过叙事者，对威克菲尔德当时的境况作了这样一个总结：

威克菲尔德不是死者，因此无法得到死人们的认可；他与世隔绝，但还算不上一个隐士，因为他与周围世界仍然维持着单向度的联系；他活在人世间，而且身居闹市，但从他身旁卷过的人流均对他视而不见；他更不是一个丈夫，虽说与妻子的婚姻关系从未解除，虽说他在自家门前朝妻子窥探时，仍能看见她，看见炉膛里熊熊的火光，但他却无福领受妻子的爱情和家的温暖。

从某种意义上来说，威克菲尔德是一个丧了家的孤魂，但丧家的原因并非外力的作用，而是出于他自己也无法说清的神秘力量。

在十九世纪的美国浪漫主义文学脉络里，霍桑提前宣告了一个全新时代的到来。不用说，这正是我们今天所熟悉并置身其中的世界。

幸运的是，威克菲尔德尽管举止乖戾，行为怪异，但与我们所不同的是，他仍是有命运的。世界或社会的齿轮互相咬合着往前转动，威克菲尔德鬼使神差地离开了自己的位置，他仍然有可能重返那个环环相扣的"世界体系"。尽管丧家这件事，真真切切地发生了，他仍能像荷马笔下的奥德修斯一样，幸运地重返自己家中，与妻子重逢。

在离家二十年后，威克菲尔德于一个大风乍起的秋天的傍晚，在一阵急雨中，拎着旅行袋，朝自己的家走去。我们自然不会忘记，二十年前，威克菲尔德手里拿着一把雨伞出门时，也是一个秋天的黄昏，时间完成了一个首尾闭合的圆环，仿佛再次回到了它的起点。

他看见自己家的炉火泛着红光，天花板上映照出了妻子那肥胖的姿影。她的帽子、鼻子、下巴以及浑圆的腰身，织成了美妙的漫画。伴随着忽上忽下的光影，他的妻子正在跳舞。我们不知道，威克菲尔德在踏进家门的那一刻，有没有找到自己处心积虑想要寻求的答案。但可以肯定的是，在没有他的世界里，这位老妇生活得十分愉快。

最后，门开了。威克菲尔德走进了自己家中，给了妻子一个暧昧而狡黠的微笑，似乎在向惊愕万状的妻子表达问候：我回来了。

在黑贝尔发表《意外的重逢》的一八一一年，远在美国新英格兰的霍桑只有七岁。黑贝尔于一八二六年去世之后，霍桑又活了三十八年。虽说霍桑只比黑贝尔小了四十几岁，但他生活的世界已经发生了不容忽视的变化。

在《意外的重逢》中，个人、世界与大地所构成的关系依旧稳定。在这个世代沿袭的结构关系中，由婚姻缔结的家庭，仍然是生活中最重要的中枢。虽然遭遇不幸，但年轻的矿工仍处在命运的光晕之中。而到了霍桑写作《威克菲尔德》之时,家庭关系本身已经出现了裂璺。人被大地和自然所护佑的时代,正在向无命运的原子化的个人主义时代跃进。

在霍桑的一生中,他无时无刻不在为这个新出现的个人主义时代忧心忡忡。随着诸神和上帝的远遁,大地本身已处于锁闭状态。在博尔赫斯看来,威克菲尔德固然最终完成了归乡或归家的旅程,但霍桑的这个作品已经预告了卡夫卡时代的来临——这是一个尼采所揭示的"无家可归"的时代,当然,这也是詹姆斯·乔伊斯和加缪的时代。

因此,在黑贝尔与卡夫卡之间,霍桑成了一个中间环节。

4

原子化时代的个人没有任何命运。卡夫卡笔下的那位饥饿艺术家的生存与末路,准确无误地阐明了这一点。这位离了家、孑然一身的艺术家,靠表演饥饿为生,最后得到的乃是一个"无"——他那濒死的肉体连同赖以栖身的干草,一并被人草草埋葬。

如果说,表演饥饿也算是一种技能的话,这种谋生的技艺,并非来自严格的忍饥训练,而是源于他那被施加了魔咒的天性,那就是对生存(进食)本身的自愿弃绝。

正如前文所谈到的那样，在黑贝尔的笔下，一个死者也还是有命运的。而在海德格尔看来，在遥远的过去，一个普通的农妇都是有命运的。在《艺术作品的本源》中，他借助梵高的一幅画，透过一双被穿坏了的农民鞋，充满诗性地描述了命运在农妇身上的显现：

> 从鞋具磨损的内部那黑洞洞的敞口中，凝聚着劳动步履的艰辛。这硬邦邦、沉甸甸的破旧农民鞋里，聚积着那寒风料峭中迈动在一望无际的永远单调的田垄上的步履的坚韧和滞缓。鞋皮上粘着湿润而肥沃的泥土。暮色降临，这双鞋底在田野小径上踽踽而行。在这鞋具里，回响着大地无声的召唤，显示着大地对成熟谷物的宁静馈赠，表征着大地在冬闲的荒芜田野里朦胧的冬眠。这器具浸透着对面包的稳靠性无怨无艾的焦虑，以及那战胜了贫困的无言喜悦，隐含着分娩阵痛时的哆嗦，死亡逼近时的战栗。这器具属于大地（Erde），它在农妇的世界（Welt）里得到保存。[①]

这个农妇的世界，也是黑贝尔通过民间故事所记述的生活世界。现如今，这个世界正在被我们遗忘。关于当今时代

---

① 海德格尔：《林中路》，孙周兴译，商务印书馆 2018 年版。

个人生存的"无命运性",德国浪漫主义者戈特弗里德·贝恩用戏谑的口吻如此讥讽道:

> 不再有任何命运,命运女神在一家人寿保险公司那里,作为女经理安顿自己……①

在《威克菲尔德》的结尾处,叙事者对这篇小说的寓言做出了一个看起来有点画蛇添足的总结:

> 在这个神秘世界表面的混乱当中,其实咱们每个人都被十分恰当地置于一套体系里。体系之间,它们各自与整体之间,也都各得其所。一个人只要离开自己的位置一步,哪怕一刹那,都会面临永远失去自己位置的危险。②

霍桑或许已经看到了他所处时代的一个令人忧虑的事实——每个人都必须在高度组织化、编码化的结构或体系之中自行设立自身,且有随时被这个体系无形齿轮甩出的危险。威克菲尔德的幸运之处在于,他尝试着向外跨了一小步,最终又成功地缩了回去。卡夫卡笔下的主人公,已不再

---

① 参见吕迪格尔·萨弗兰斯基《荣耀与丑闻:反思德国浪漫主义》,卫茂平译,上海人民出版社2014年版。
② 纳撒尼尔·霍桑:《霍桑短篇小说选》,黄建人译,湖南文艺出版社1996年版。

拥有这份幸运。他们成了漂浮于世界上的幽灵。

瓦尔特·本雅明在论述卡夫卡创作时,曾对卡夫卡的生活时代进行了这么一番概括:

> 没有谁在这个世界上有自己固定的居所,以及固定的、不变的外观。没有谁不处于盛衰沉浮之中,没有谁不与敌人和邻居交易品性,没有谁不是韶华已逝却仍未成熟,没有谁不是在漫长生存之旅的起点便已精疲力竭。[1]

黑贝尔于一七六〇年出生于巴塞尔,这片地域与德国南部由黑森林、费德卡尔山脉以及莱茵河畔的"草地河谷"连成了一体。成年后的黑贝尔一直生活在卡尔斯鲁厄,直至去世。他用方言写成的《阿雷曼诗歌》以及故事集《莱茵家庭之友的小宝盒》,无不充满了对家乡深切的渴慕与眷念。

用海德格尔的话来说,黑贝尔是一个如月亮般的,在黑暗中保持清醒的守夜人。他那最质朴、最明亮,同时也是最具魔力和最深思的语言,守护着大地的最后秘密。

这个秘密在卡夫卡那里,就成了时常被他的主人公所忘却的"乡村气息";而在霍桑那里,它是起居室的火炉所发

---

[1] 瓦尔特·本雅明:《弗兰茨·卡夫卡——纪念卡夫卡逝世十周年》,收入文集《写作与救赎:本雅明文选》,李茂增、苏仲乐译,东方出版中心2009年版。

出的温暖之光；在黑贝尔伟大的"小宝盒"年历制作中，它毫无疑问就是被乡愁浸透的家园。而乡愁，借用诺瓦利斯的话来说，正是现代意识或现代哲学的源头。

他的行踪，在中原大地上画了一个首尾相接的圆圈。

公子重耳的归乡之路

缘　起

公元前745年，晋昭侯封其叔父成师于曲沃。后成师（曲沃桓叔）、曲沃庄伯及曲沃武公祖孙三代，经过长达六十七年的征战，终于在公元前678年攻入晋都城，击败晋侯缗。曲沃武公由此成了晋国的新主人，并位列诸侯，完成了由曲沃小宗取代翼城大宗的历史过程，史称"曲沃代晋"。

晋武公之子晋献公亦为一代英主。

在清人顾栋高看来，晋之初封，不过太原百里之地，其后献公不断扩大地盘，相继灭掉了耿、霍、魏等周边十六国。而其中最为关键的一步，当为伐虢灭虞之役。经此战后，自渑池以东，崤函四百余里，尽虢略之地，晋之得以西向制秦。秦人抑首而不敢出者，以先得虢地扼其咽喉也。可以说，正是晋献公近乎疯狂的开疆拓土，为此后的经营中原，迫逐戎狄，成就晋国长达一百五十余年的霸业，打下了坚实的基础。

然而,晋献公在外能征善战,杀伐果决,固为一世雄主,但对于国内事务,尤其是门闱闺阁之事,愎谏违卜,昏聩荒淫,被宵小妇人玩弄于股掌之间,愚痴如婴孩,并终身不悟,为身后的祸乱埋下了种子,令人唏嘘。

按照《左传》的记载,晋献公初娶贾女,未能生子,后与父亲晋武公的小妾齐姜私通,生下了一双儿女,其女后来成为秦穆夫人,其子则为太子申生。接着,他又从戎狄之地娶来二女,大戎生重耳,小戎生夷吾。再后来,在征伐骊戎时,骊戎的国君将女儿骊姬嫁给了他,生下了奚齐,随同骊姬陪嫁而来的妹妹,为他生下了卓子。

照理说,在这样一个等级秩序和权力结构中,作为后来者的骊姬,就算她心里有什么弑夺篡逆的想法,也只能是想想而已。要想越过素有仁孝之名的太子申生,连续除掉重耳、夷吾等"群公子",让自己的儿子奚齐改立太子,并成为一代国君,似乎很不切实际,也可以说,这是一项不可能完成的任务。

但骊姬有的是过人的耐心以及缜密深隐的智谋。

她的第一个步骤是,放逐群公子于边鄙之地,唯独将自己的儿子奚齐和妹妹的孩子卓子留在都城。但问题是,如此夷灭人伦的荒谬之事,晋献公会接受吗?

《左传》是这样来描述这个事件的：

> 骊姬嬖，欲立其子，赂外嬖梁五与东关嬖五，使言于公曰："曲沃，君之宗也。蒲与二屈，君之疆也，不可以无主。宗邑无主，则民不威；疆场无主，则启戎心。戎之生心，民慢其政，国之患也。若使大子主曲沃，而重耳、夷吾主蒲与屈，则可以威民而惧戎，且旌君伐。"使俱曰："狄之广莫，于晋为都。晋之启土，不亦宜乎？"晋侯说之。夏，使大子居曲沃，重耳居蒲城，夷吾居屈。群公子皆鄙，唯二姬之子在绛。二五卒与骊姬谮群公子而立奚齐，晋人谓之"二五耦"。

这段文字言简而义丰，且多用省叙，值得仔细推敲。骊姬平常深得晋献公宠溺，但她并未恃宠而骄，任性妄为。她考虑得最多的事，是如何在达成自己愿望的同时，将个人的意图完全隐藏起来，从而彻底地"置身于事外"。

她贿赂了两个名叫"五"的外嬖，即梁五与东关嬖五，让他们从外部入手游说，不停地在晋献公面前旁敲侧击。用日本学者竹添光鸿的话来说，这叫"机深用微，假手于人，而几微不露"，谋事在己，而一字不出于己口。从时间上来说，"二五"之劝说晋献公，殆非一日。在面对如此重大的人事安排时，君臣之间想必也有过一番问答，《左传》皆作了省略。不过,从"使俱曰"三字来看,"二五"之游说,亦必有先后与反复。

另外,诳言以庄言出之,藏私欲于忠信箴劝,真中有假,假中有真,不由得献公不信。家国宗社与边境军事重地,由亲子二人镇守,拱卫都城,语极深雅堂皇。

最后,"旌君伐"与"晋之启土,不亦宜乎"二语,为好大喜功的晋献公所乐闻,可谓正中晋献公的心坎。

因此,在整个事件的实施过程中,不唯晋献公不察骊姬之谋,就连居守曲沃的太子申生,前往近秦之地蒲城的公子重耳,远戍近翟之地"南北二屈"的公子夷吾,恐怕都会如堕雾中,不明所以吧。

太子申生的最终被废,在献公命他亲帅下军,伐耿灭霍时,即已见出端倪。自古太子为储君,君在外,太子监国,奉祭宗庙;如跟随国君征战,太子当为抚军。至于统兵打仗,那是国君与正卿的职责。

此前已有太子被迫离开都城,远徙曲沃之事,现在太子随父出征,分率下军,晋大夫士蒍已经看出申生终不得承继大位,遂私下劝他,不如模仿吴太伯之奔吴地,主动让位逃走,这样既有令名,又可以远祸。士蒍没有说出口的话是:如果太子得立,则为国君;如果被废,则罪至身死。中间并无任何回旋腾挪的余地。太子申生不听。

随后,晋献公又命太子单独领兵,攻打东山皋落氏。这一次，重臣里克对晋献公进行了一番劝谏，认为国君的行为，违反了"君之嗣適不可以帅师"的古制。而献公的答复是："我有好几个儿子，还不知道立谁为君呢。"至此，废立之事，更趋于明朗化。

在事件的整个过程中，骊姬始终没有露面——好像事情自然而然就发展到了这个地步。但她四处奔忙的身姿，却又影影绰绰，无处不在。到了晋献公欲改立奚齐为太子而举棋不定的节骨眼上，骊姬这才亲自出面，一击而致命。

她联络宫中大夫，以所谓的投毒谋反事件，构陷太子申生，并将公子重耳和夷吾一并牵连其中。得知太子申生于新城自缢身亡的消息之后，晋献公随即派兵攻打蒲、屈，急如星火，刻不容缓。公子夷吾奔梁避难，而重耳也踏上了长达十九年的逃亡之路。

逃　亡

《左传》第一次提及公子重耳，兼述晋国漫长内乱的端绪，是在鲁庄公二十八年，即公元前666年。至鲁僖公二十三年（公元前637年），专文重述公子重耳之逃亡始末，时间已经过去了近三十年。在这三十年的时间里，《左传》间或述及重耳及群公子被难之事状，语极精审，且多追叙、预叙、插叙和补叙，或简或繁，或详或略。线索既杂，头绪既多，事件之枝节亦颇芜杂，其间又掺秦、齐、楚、郑等诸侯之事，虽说草蛇灰线，主次有别，然终不免头绪纷乱，淆人眼目。因此，到了鲁僖公二十三年，作者遂以罕见之篇幅，浓墨重彩地总述重耳在外十九年的行踪，由头至尾，备述无遗，皴画点染，波澜壮阔。

重耳自狄适齐，先后辗转八国，重返故乡的经历，《左传》的记述张弛有度，生动绰落。每次重读，未尝不击节赞叹。

竹添光鸿对《左传》叙事的评价只有三个字，叫作"微而显"。微者，记事之净省简朴，不动声色也；而所谓显者，藏大义、情感、褒贬于字里行间，意深而旨远也。范宁在《春秋穀梁传序》中，对《左传》行文的评价也只有三个字，叫作"艳而富"。所谓艳者，盖谓生花妙笔别致奇崛也；而所谓富者，则是指历史事实的搜揽考辨，宏阔详备也。方苞认为，《左传》的叙事之法，在古无两，远非汉唐作者所能望其项背，殆非虚誉。而魏禧则将"重耳之亡"这段锦绣文字与《史记》信陵君传相提并论，谓之"双美"。然而，在我看来，左氏之文的质朴雄浑与精妙绝伦，虽《史记》亦不能及也。

重耳奔狄，事在鲁僖公五年（公元前655年）。其时重耳十七岁。

他在狄逗留了十二年，至离狄而再度流亡，已近而立之年。那么，重耳在蒲城之时，面临寺人披雷霆万钧的追杀，不得不去国远遁，他为何不择秦、齐、楚等大国而栖，独奔北方之狄呢？我想或许有以下几个方面的考虑。

第一，狄戎是重耳的母邦，与晋同为姬姓之国，其接纳逃难公子，当无疑问。再加上事出不备，奔狄或许是重耳在情急之下的本能选择。其实重耳的兄弟夷吾在出逃时的第一目的地，也是狄国，只是重耳奔狄在先，夷吾再去，就落了后手，不得已之下才改投梁国。

第二，狄处太原西北，距晋不远，且狄之政治外交相对独立，民情风俗，与中原各国判然有别，与晋之政治联系相对较少。如果晋想要追杀他，也无法通过外交手段进行贿赂或交换。

第三，重耳出奔之时，其父晋献公仍在世，风雨飘摇的国内情势如何演变，尚需冷静观察。因此，蛰伏于北方戎狄之邦而远离中原之地复杂的政治纷争，养其锋锐，实为以静制动的理想选择。

后来的事情也验证了重耳判断的准确性。夷吾即位后，并未忘记重耳这个心腹大患，苦于求取无门，也只能再次派出寺人披越过国境，去狄国实施暗杀。而重耳在狄国国君的周密保护之下，让寺人披无功而返。

公子重耳离开狄国的时间，是鲁僖公十六年（公元前644年）。此前，晋献公已死，奚齐初立即为晋大夫里克诛杀。秦穆公纳夷吾（惠公）于晋，重耳原本希望借助秦国的力量帮助自己回国的愿望已经完全破灭。

他决定先到齐国去碰碰运气。

从狄至齐，得路过卫国。卫文公在国内虽说也算得上是个贤明之君，但重耳在路过卫国时，文公不仅不给予礼遇，甚至让重耳一行沦落到"出于五鹿，乞食于野人"的地步。这多少有点让人不可理解。

明代学者魏禧在总结重耳流亡经历时曾说，重耳所经之地，凡有称霸之心的大国，都无一例外地给予了很高的礼遇，而像曹、卫、郑一类的小国和弱国，则往往轻慢不礼，冷眼相待。究其原因，弱小之国处于大国争霸的夹缝中，动辄得咎，自保且不暇，自然谨小慎微，不愿意无端生事。而强大之国目光深远，常着眼于未来，凡有可以利用的资源，就算以后未必用得上，也每每倍加留心，不肯轻易放过。卫文公为一兢兢业业的自守之君，眼光不越四境，其不纳重耳，视若无睹，似乎也在情理之中。

当时的齐国，在一代雄主齐桓公以及足智多谋的管仲的经略之下，方称霸中原，其国力与影响力均已达极致。因此，重耳抵达齐国时，受到了齐桓公隆重的接待，当为自然之事。齐桓公妻之以女，送他马二十乘。重耳在齐国晏安既久，俨然已有在此终老的念头。不过，桓公之末年，齐国也发生了篡逆惨剧，诸侯陆续叛齐，新即位的齐孝公眼见得指望不上，重耳还得继续上路。

他的下一个目的地，是已生出争霸之心的宋国。重耳自齐适宋，途经曹国时，又发生了一件令他切齿痛恨之事。曹共公不知从哪里听说，重耳腋下的肋骨与常人不同而连成了一片，便忽发奇想，要在重耳洗澡的时候一探究竟。他果真就这么做了。这对重耳来说，自然是奇耻大辱，可谓是无礼之极。好在曹大夫僖负羁的妻子是个明白人。她一眼就看出重耳以及护卫在他左右的随从均非等闲之辈。她提醒丈夫说，假如重耳归国成了霸业，必会首先报曹共公的无礼之仇，不如给自己留个后路。于是，僖负羁在送给重耳的晚餐中悄悄地塞进了一块玉璧，以表明心迹。落难中的重耳"受餐还璧"，表面上不卑不亢，不动神色，但在心里牢牢地记住了这个向他示好的人。

《左传》中有关重耳适宋的记载，只有短短的一句话：及宋，宋襄公赠之以马二十乘。但根据其他相关史料的记载，宋国的大司马（也是宋襄公的堂兄弟）公孙固，私下里对跟随重耳的狐偃说，宋是小国，刚刚与楚人战于泓水之滨而败北（事在鲁僖公二十二年），眼下的实力，不足以协助重耳返国，劝他向更为强盛的大国求助。宋襄公虽然愚暴可笑，然而在国事颓唐之际，仍然待重耳以礼，并致厚赆，重耳自然也无话可说。

他只得继续向南而行。

他在过境郑国时，虽有大夫叔詹的力谏苦劝，郑文公仍然对重耳不予理会。重耳于是来到了足以改变他日后命运的楚国。

据《晋语》记载，重耳到达楚国之后，楚成王并未按照落难公子过境的寻常礼遇来对待他，而是享之以国君的"九献之礼"，且"庭实旅百"。这说明，楚成王作为雄霸一方、且国势蒸蒸日上的君主，不仅有识人之敏，眼光独到，甚至对天下大势未来的演变之迹，已了然于胸。他与重耳刚一见面，就单刀直入地问他：

公子若反晋国，则何以报不穀？

此话虽有些突兀，但言辞间藏有多少腹内乾坤！重耳自然也深知此中关节，遂以囫囵之语答之：

子女玉帛则君有之，羽毛齿革则君地生焉，其波及晋国者，君之余也，其何以报君？

这句话说得十分谦抑、坦率，且带有恭维之意。他将问题还给了对方，意在搪塞拖延。可楚成王并不打算轻易放过他，而是重申前问，步步进逼：

虽然，何以报我？

楚成王的再次逼问，绝非寻常的闲话或玩笑。《左传》妙文，往往于此类看似平常的言语中见出险绝奇崛，颇可细细玩味。考之当时天下情势，晋之拓地日广，西逼秦城，东轶齐境，国势渐盛；而楚国自南迁荆山之后，经营有年，于周边小国，鲸吞蚕食，其势力范围已达至中原，诸侯各国之畏楚，已非一日。郑与陈、蔡等国，皆有依附之心。日后晋、楚争霸之局面，已宛然可见。英雄晤对，双方的心迹深机，昭然若揭。在对方的两次逼问下，重耳若继续装聋作哑，一味地虚与委蛇，饰情匿智，就有欺人以愚之嫌。故而，重耳决定不再藏头露尾，索性将问题直接挑明：

若以君之灵，得反晋国，晋、楚治兵，遇于中原，其辟君三舍。若不获命，其左执鞭、弭，右属櫜、鞬，以与君周旋。

在此番言辞中，重耳对天下大势的判断，其过人的见识和胆气，言辞之锋芒，均跃然于纸，可谓英气勃发。从修辞上来说，楚成王之一问再问，重耳之一答再答，颇多跳脱，互不连属，既出人意表，又暗流涌动。"晋、楚治兵，遇于中原"八字，于不经意间，陡然出之，其耸人心目之犀利，自不待言。楚成王本人听了重耳的表态之后如何反应,《左传》没有交待。但紧接着下文的"子玉请杀之"一语,足以看出当时情境之森然可畏。

至于楚成王送重耳至秦的原委,《史记》的记述,显然更为详尽。楚成王在送重耳去秦国的前夕,曾温语以慰:"楚远,更数国乃至晋。秦晋接境,秦君贤,子其勉行。"英雄相惜之意,殷殷叮咛之情,溢于言表。

根据《晋语》的相关记录,楚成王送重耳至秦,实因秦穆公之召。

当初,秦穆公送夷吾返国,本有深结之意,怎奈夷吾归国登上大位之后,一反常态,不仅不念旧恩,反而处处与秦国为难。晋遇饥荒,秦穆公慷慨救援,他派往晋国的输粮船队,从秦之雍城,至晋之国都绛城,连绵不绝,史称"泛舟之役"。可等到秦国遭遇饥荒,派人到晋国购买粮食时,夷吾竟然一口拒绝。随后秦晋反目成仇,至韩原之战,刀兵相加,秦穆公对夷吾早已完全绝望。鲁僖公二十二年,作为人质滞留于秦都的太子圉,撇下秦穆公的爱女怀嬴,私自逃回晋国。到了这个时候,秦穆公才想起了远在楚国、素有贤名的公子重耳。他派人招纳重耳,也就不难理解了。有人据此评价说,公子重耳最终得以返国,实由惠公(夷吾)、怀公(圉)父子的恩将仇报、目光短浅、反复无常所促成。

重耳抵达秦国后，秦穆公宴请他的盛况，与处于荆蛮之地的楚成王完全不同。《左传》的行文，至此又一变。两人相见之时，重耳赋《河水》，穆公赋《六月》，饮食宴乐，一派其乐融融的春日之景。

据今人杨伯峻的考证，《左传》记述赋诗之例，即从此始。

重耳离狄之时，最属意之国，当然是秦。碍于当时的政治和外交形势，赴秦而不能，不得已乃游历他国。自狄过卫而适齐，去齐而经曹、郑乃及宋，由宋至楚而之秦，历八国而回到了原点，终得返国还乡。他的行踪，在中原大地上画了一个首尾相接的圆圈，其命运鬼神不测的跌宕起伏，自《左传》问世以来，感动了一代又一代的读者，较之于荷马史诗中奥德修斯的返乡之旅，有更多曲折绮丽、波诡云谲的人间风景。

用楚成王的话来说，重耳在外十九年，险阻艰难备尝，民情真伪皆知，其最终得以归乡，既赖人力，亦有天命。

追 随 者

《左传》中的历史事件，纷繁复杂，纵横交错，作者杂用铺陈与点画之法，皴画渲染、细笔勾勒，各臻其妙。叙事之草蛇灰线，首尾完具，事无巨细，各得其所。"重耳之亡"

这篇文字，固然是述史记事之作，亦是在为重耳作传。在塑造人物方面，其笔法之精湛，尤足称奇。在描摹、刻画人物时，作者善用烘托、映射之故技，有正笔，有陪笔，或写实，或写意，疏密相宜，致使文章生动别致，摇曳生姿，令人叹服。

重耳雄姿英发，颖悟聪慧，识见超拔，志向远大，更兼文而有礼，言辞富有才辩，律己甚严而宽以待人，所有这些方面，《左传》都作了正面的描述。但对于重耳形象或性格中的诸多弱点和瑕疵，作者也未轻易放过，可谓一笔不落。比如重耳之易于生怒，好色而贪图晏安，延宕、胆怯而多疑，乃至于孩子气的任性，《左传》亦多所着墨。

揣摩《左传》的叙事，重耳固为一时之豪杰，但并非现代意义上的"个人"。重耳屡历险境而终能逢凶化吉，否极泰来，也不是个人意义上的成功。在春秋时代，"人"这个概念，绝非当今社会单纯的原子化个体，"人"的后面有"群"，"群"的后面有"礼"，"礼"的后面有"时"或"势"，时势之外，亦有天命。

公子重耳之"传记"最终得以完成，在背后始终不离不弃地追随他的"从者"，也发挥了不容忽视的作用。

重耳在游历八国之时，除卫国之外，所到之地，往往让人望而生畏，油然生出敬重之意，众多追随者挺拔、伟岸的身姿，起到了"先声夺人"的效果。这是《左传》《史记》

一类的叙事文体常用的映射之法。所谓不写之写，花叶互现，笔未到而意先到也。

重耳奔狄之日，他的追随者一共五人，《左传》一一记录在案：狐偃、赵衰、颠颉、魏武子魏犨、司空季子胥臣。考之《左传》的前后文，重耳之随从实不止此五人。比如说，狐偃的兄弟狐毛以及贾佗诸贤，传文皆没有提及。竹添光鸿认为，在重耳奔亡之初，或许追随者只有五人，狐毛和贾佗诸人均为后来陆续加入。等到重耳返国，赏赐众多追随者的功绩时，又突然冒出了一个介子推来，足见其从游者之众，神龙见首不见尾，无需亦无法一一详加交待也。

狐偃字子犯，有时也被人称为咎犯。他是重耳的舅父，更是心腹，在所有追随者中，最为重耳所倚重。此人老成持重，既肃穆又宽厚，重耳对他的依赖，犹如乳子之依严父。每到艰困紧急关头，总是由他出面化解危机，并屡屡给予外甥以心理安抚。

重耳在卫国的五鹿乞食，野人递给他一块泥土，重耳一时失控，"怒欲鞭之"，狐偃只用"得土有国"一句规劝，立刻平息了重耳的愤怒，使他转而"稽首受之"；重耳在齐国乐不思归，意志涣散，有意在齐地苟且终老时，仍是狐偃与姜氏合谋，将他灌醉后，强迫他上路。后来，到了晋楚于城濮交兵，晋国可以一战而定中原之时，重耳在退避三舍后，仍想避战，疑窦丛生，畏首畏尾，迟迟不肯作出决断。狐偃不得不再次充当外甥"心理按摩师"的角色。在此千钧一发之际，大概只有他知道重耳在想什么，怕什么。于是，狐偃这样对重耳说：

> 战也。战而捷，必得诸侯。若其不捷，表里山河，必无害也。

这段话说得实在高明。

"战也"二字有敦促规劝之意，并表明自己的立场。接下来，他言简意赅地为重耳分析了一下当前的形势与战事的可能后果：打赢了，自然可以称霸诸侯，号令天下。万一打败了，不过就是退兵回家，也没有什么太大的损失。晋国外有大河，里有高山峻岭，故称"表里山河"，不得已据险而守，楚国也不足为害。狐偃未战而先为战败设身处地的一番言辞，准确地击中了重耳疑神疑鬼的要害，并立即打消了重耳的重重顾虑，促使他下决心放手一搏。

重耳自秦返国，舅甥二人一起渡河。狐偃眼看着辅佐重耳的使命完成在即，想起自己流亡途中对外甥的种种不敬，就想功成身退。他突然将一块玉璧交给重耳，并告罪请辞。重耳将玉璧投入河中，竟像个孩子似的发誓赌咒，向狐偃表明"同心合德"的心迹。这也是"不写之写"。此段文字，不啻是将重耳的流亡途中狐偃对重耳的种种得罪、无礼和违抝之事重写了一遍。

顾栋高认为，在公子重耳流亡归国至最终称霸中原的历程中，狐偃、赵衰和司空季子胥臣三人居功至伟。而在三人之中，尤以赵衰为首功。而《国语·晋语》则将狐偃与赵衰、贾佗的贡献作了调和，所谓"父事狐偃，师事赵衰，长事贾佗"。在《史记》中，司马迁将重耳过卫欲怒鞭野人时狐偃的一番劝慰之辞，记在了赵衰的名下。另外，重耳适齐被灌醉后强行带离，赵衰亦为首谋。

在重耳流亡的过程中，《左传》对赵衰的描述，仅次于狐偃。

重耳之居狄，狄君将战争中俘获的叔隗、季隗姐妹送给了重耳。公子自娶季隗，却将叔隗赠予赵衰为妻，足见赵衰在重耳心目中的地位。应当说，跟随公子重耳流亡的"五贤士"，皆为天下英才，但赵衰的过人之处，乃在于目光远大，足智多谋，言辞得体，且举止温雅有礼。他被后人称为"冬日之阳"，并非浪得虚名。

细绎《左传》文意，秦穆公宴飨重耳之际，重耳本打算携狐偃赴会，但狐偃推辞说："吾不如衰之文也，请使衰从。"秦穆公赋《六月》之后，赵衰急忙提醒重耳拜谢恩赐，重耳遂退于台阶之下，稽首而拜；而当秦穆公也降阶一级以示尊重和辞让时，赵衰则以重耳代言人的身份答礼说：您用辅佐天子的诗歌以命重耳，重耳岂能不拜？这说明，赵衰不仅谙音律，富文略，知礼节，亦以重耳之师尊自命也。

"五贤士"中的司空季子胥臣，《左传》中着墨不多。只是到了城濮之战时，晋文公重耳命胥臣统帅下军，以犯陈、蔡之军，胥臣最先向楚国联军发动攻击。他用虎皮蒙马，将楚军之右路一举击溃，可见胥臣实为不可多得之将才。《左传》历述从者之能，由狐偃敏于进退之耳提面命，至赵衰的文而有礼，为一变；至胥臣的能征善战，又一变也。

至于说颠颉和魏武子魏犨的命运，在"从亡五贤"中最富有戏剧性，说来令人感喟不已。

鲁僖公二十八年，晋文公重耳在伐曹的战事中包围了曹国的国都，终于可以一雪当年曹共公偷窥自己洗澡的奇耻大辱。晋文公因顾念僖负羁夫妇"送餐藏璧"的恩惠，特地晓谕晋军将士，不得进入僖负羁的宅院，并保全其家人。接到命令的颠颉和魏犨发怒说，我们这些跟随他逃亡的功臣还没有得到什么赏赐，他却还念念不忘僖负羁的小恩小惠！两人自作主张下令攻击，并放火烧掉了僖负羁的房子。魏犨在这次冲突中，胸部也受了重伤。

照理说，大臣违抗君命，按律皆当处死。但奇怪的是，晋文公以抗命之罪，只杀掉了颠颉一人，在军中示众，却派人去探访、慰问魏犨。晋文公私下里嘱咐使者说，如果魏犨伤得很重，那就杀掉他，以明军纪。言下之意，如果伤得不重，仍能带兵打仗，那就不妨留他一条性命，日后好派用场。在严肃的军纪面前，晋文公仍有所偏私。这说明，文公只是深惜魏犫之才，而非顾怜其命。

幸运的是，魏犫对文公派使者来慰问自己的真正目的心知肚明，判断准确。他用布帛将胸部的伤口绑得紧紧的，装出健康无碍的样子，故作轻松地对使者说："托君王的福，我这不是好好的吗？"为了证明自己的伤不足挂虑，他还忍痛表演了一番：向前跳跃三次，又转过身来向后跳了三次。

晋文公接到了使者的报告，真的就赦免了他。

《左传》之叙事，对于许多重大历史事件的描述，往往笔法净省，点到即止；相反，对于日常细碎琐事和人情世故，则每每记叙甚详，极尽曲折，为其行文增奇附丽。司马迁深得左氏之法，叙事常有出人意表的汪洋恣肆，有若三月之桃花流水，让读者茫然不见其际涯。

女 眷

重耳离狄之齐，在家中与妻子季隗长别。

重耳说："待我二十五年，不来而后嫁。"这本是一句戏语，季隗当然深会其意，亦以戏语答之：我今年二十五岁了，如果再等二十五年，我行将就木了。不如还是等你吧。

季隗是狄族人，出生在一个名叫"廧咎如"的地方。从她对丈夫的答语来看，其性格亦豪迈善谑，离别时不屑作小儿女之态。但重耳并没有让她等太久。七年之后，重耳返晋得国，季隗终得与重耳相见。在晋文公的九个妻子中，季隗班列第三。

公子重耳抵达齐国后，齐桓公将宗室的女儿齐姜嫁给了他。根据重耳在齐国晏安既久，竟有在那里终老的想法来看，姜氏之貌美迷人，自然可以想见。赵衰、狐偃等人对重耳贪图享乐而忘了四方之志，深以为忧，遂在桑树之下密谋。

他们没有想到的是，桑树上还有一个人呢！

在桑树上采桑的"蚕妾"，不期然听到了狐、赵之谋，对自己的旦夕之祸茫然不知，还把自己无意间听来的话告诉了姜氏，姜氏因担心泄密而果断地杀了她。蚕妾既死而不知其所以死，每读《左传》至此，未尝不凄恻难忍，深惜三叹也。据此我们可以理解，为什么奥德修斯的归乡之船在途经塞壬出没的海域时，船上的水手们要用蜂蜡堵住自己的双耳了。

姜氏听到随从的谋划，不仅没有阻拦，反而杀蚕妾而力劝重耳离开："行也。怀与安，实败名。""行也"二字，口角毕现。姜氏的行为和言辞均显得堂皇而深明大义。只不过，重耳被灌醉离开齐国后，这个姜氏，就再也没有了下落。

至鲁文公六年，晋文公死后，一个叫赵孟的人，在遍述晋文公众多的妻妾之位序时，姜氏也没有被提及。有人推测她早死，也有人干脆说她改嫁了。他们的理由是，以姜氏的美貌和贤明，顾念旧恩的晋文公不可能忘了她。

虽说姜氏下落不明，但历朝历代的《左传》读者，道德家和追根寻底的好事者，都没有忘了她。西汉刘向的《列女传》中，就有晋文公迎归姜氏为夫人的记录，只是不知所本，大概是后人一厢情愿的想当然，未可确信。

重耳自楚至秦，秦穆公一下子送给他五个女子。

为什么送这么多呢？《左传》叙及此事，仍然一如既往地不动声色。但我们还是可以从"纳女五人，怀嬴与焉"八个字中，看出一些端倪。秦穆公送给重耳五位女子的真正目的，是为了让"怀嬴"混迹其间。因为这个怀嬴，不是别人，正是晋怀公圉的妻子。当年晋国在韩原之战落败，国君被俘，太子圉作为人质就被扣留在了秦国。秦穆公为了修复两国的关系，将自己的爱女怀嬴嫁给了他。后来，太子圉独自逃归晋国后，怀嬴便落了单。说起来，怀嬴还是重耳的侄媳妇呢！若秦穆公独以怀嬴妻重耳，于情于理都有些说不过去。秦穆公深知重耳之贤，且前程远大，有心为女儿找个好归宿，遂出此计谋，庶几可以塞众人悠悠之口。其中无限之曲折，尽在"纳女五人，怀嬴与焉"八字之中。秦穆公之老奸、心虚以及爱女心切之情，均毕现于纸。

话虽如此,重耳对怀嬴的嫌弃和不快也可想而知。一次,怀嬴捧水盆伺候重耳洗手,重耳洗完手后,甩手去水,不慎将水珠溅落到了怀嬴的身上。怀嬴当即发作,对重耳怒道:秦、晋两国地位相当,您为何如此看不起我?吓得重耳赶忙向她郑重道歉谢罪。

到了第二年,重耳刚刚归国,就第一时间将怀嬴接回。这一次,秦穆公已无需遮遮掩掩,他大张旗鼓地送给重耳三千名得力的卫士和仆人。而当初随怀嬴嫁给重耳的另外四位女子,再也没被提起了。

孟子在《离娄》篇(下)中曾说,"王者之迹熄而诗亡,诗亡然后春秋作"。天子失官,王道既衰,采诗颂声不作,歌乐不能复雅,《诗》之美刺,遂由《春秋》之褒贬取而代之。而左氏为《春秋》作传,其言简要,其事详博。古史、史诗之记事,目光所及,通常不越帝王将相之藩篱,中外皆然,何足道哉!

在《左传》的写作年代,鬼神巫觋已失却统治力。天道人情,已由政治、道德、人伦礼制所主宰。《左传》之文,固然着眼于齐桓、晋文之事,然笔之所至,政治、军事之余,弑杀篡夺、改朝换代之外,也将礼仪风俗、人伦世情与生活日常,乃至小人物的命运纳入其视野。其中尤其值得留意的,是作者对形态各异的女性形象细致生动的描摹与刻画。

《左传》因其叙事的"艳而富"与"微而显",不仅代表了先秦散文的最高成就,也构成了中国的历史与文学叙事需要不断回望的渊薮与起点。

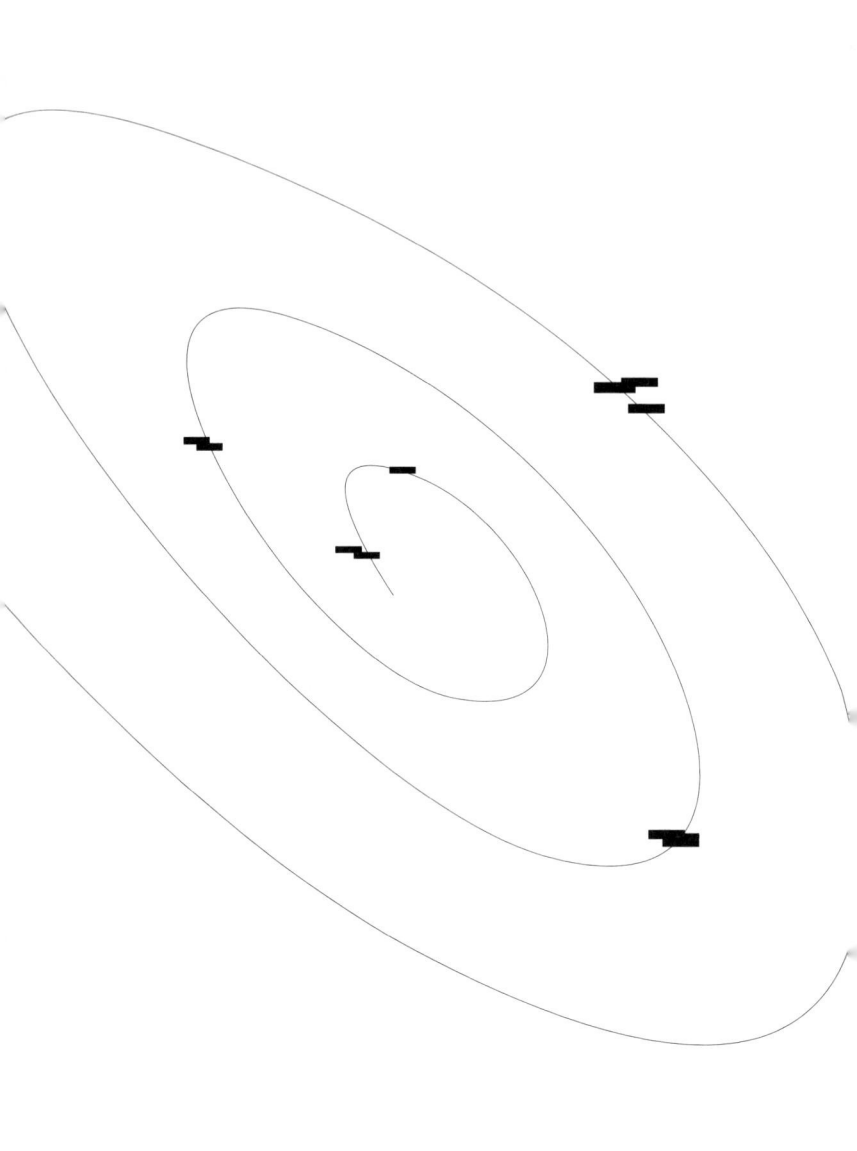

真 正 的 生 命 ，
正 从 他 的 脚 下 一 点 一 点 地 溜 掉 。

自动化生存

1

列夫·托尔斯泰在晚年的某一天,具体来说,是在一八九七年的二月二十八日,他在日记中写下了这么一段话:

> 我在房间里擦洗打扫,我转了一圈,走近长沙发,可是我不记得是不是擦过长沙发了。由于这都是些无意识的习惯动作,我就记不得了,并且感到已经不可能记得了。因此,如果我已经擦过,并且已经忘了擦过了,也就是说如果我做了无意识的动作,这正如我没有做过一样。如果有一个有意识的人看见我擦过,他可能把我的动作重复一遍。但是,如果谁也没看见,或是无意识地看见我擦过,如果许多人的复杂的一生都是无意识地

匆匆过去，那就如同这一生根本没有存在。①

因为是日记，作者在这里主要是对自己说话。这段文字稍显冗赘，且其中的逻辑与结论之间的关系并不十分清晰。不过，假如我们在比喻或象征性的意义上来理解它，这段话中所蕴藏着的高度概括性的哲学义涵，将会变得异常尖锐。

倘若我们把房间比喻为世界，把"擦长沙发"这一行为，理解为人在世界之中的活动或劳作，那么，别人看见我擦沙发，也会模仿我的动作。反过来说也一样——我看见别人擦沙发，也会去模仿他的行为。因为人类的活动或劳作本身，总是相互模仿的。但问题是，假如没有人看见我擦过沙发，而且在习焉不察的惯性之中，我自己也记不清楚自己究竟有没有擦过沙发，当我们日复一日无意识、习惯性地擦着沙发时，这一活动或劳作，到底有什么意义呢？换句话说，如此这般地在无意识中匆匆度过的一生，到底有什么意义？我们还可以像哲学家们常做的那样，向自己提出这样的问题：到了我们的死亡之日，或者，我们离世很多年之后，究竟存在着什么样的证据，可以"担保"我们曾确确实实在这个世界上存在过呢？为什么我们的存在不是一个镜花水月般的梦幻呢？

---

① 参见《俄苏形式主义文论选》，蔡鸿滨译，中国社会科学出版社1989年版。

波兰诗人米沃什在一首题为《窗》的小诗中，也用"无意识"和"梦幻"，来描述我们的"度时"岁月：

> 黎明时我向窗外瞭望，
> 见棵年轻的苹果树沐着曙光。
> 又一个黎明我望着窗外，
> 苹果树已经是果实累累。
> 可能过去了许多岁月，
> 睡梦里出现过什么，我再也记不起。[①]

从无意识的角度来说，米沃什这首优美的小诗与托尔斯泰在日记中的那段文字，有异曲同工之妙。在米沃什的作品中，诗人用"睡梦"这一意象，对无意识进行了特别的强调。一个人，仅仅向窗外眺望了两次，许多的岁月就这样匆匆过去了，什么都没有留下，事如春梦了无痕。米沃什诗中所凸显的，是飞速流逝的时间带给人的震惊体验，而托尔斯泰则通过"我"的没有记忆的重复劳作，关联起了许许多多的一生，并试图揭示普遍意义上人的根本处境——人看似复杂的生存，可以被压缩为用抹布擦沙发这一机械性的动作，而这一动作通常是在无意识之中完成的。

---

① 切斯瓦夫·米沃什：《窗》，收入《世界抒情诗选》，陈敬容译，春风文艺出版社1984年版。

俄国形式主义批评家什克洛夫斯基在谈及这则日记时，把托尔斯泰所描述的这种生存状态，准确地定义为"自动化生存"。人总是被一种无形和盲目的力量带进世界之中的；人总是根据生存的规定性和世界法则，根据时间和空间的"快慢远近"或"利害得失"，在世界上活动并生存着，并以此来确定自己的位置，规范自己的行为，并彼此模仿。

需要说明的是，托尔斯泰在这里所说的"许多人"，特指"智识阶级"、中产阶级或权贵（他自己亦身处其中），并不包括社会底层的穷苦大众。托尔斯泰认为，至少在十九世纪，处于社会底层的劳动者的生存，还是有意义的，甚至是令他羡慕的。这一区分，对我们理解托尔斯泰的整体创作与思考，极为重要。

关于这个问题，我们后面还要详细讨论。

不过，若说"许多人"都生活在无意识中，对于他们的存在从未有过一丁点的思索或反省，那当然也不是事实。因为，生活中总会发生一些突发或意外事件，迫使他们在战栗与恐惧之中，对自己的生活展开思考。在这些"意外事件"中，疾病和死亡，通常是最为常见的契机。

人一旦被死亡的阴影牢牢缠住，自动化生存的面前，就出现了一道人力所无法敉平的裂缝和深渊。

在列夫·托尔斯泰的名作《伊凡·伊里奇之死》中，"死亡"就成为了这样一个契机和事件。

2

回顾列夫·托尔斯泰漫长的一生,在困扰着他的诸多人生难题中,他思考得最多的正是死亡。凡是读过《安娜·卡列尼娜》的人,想必都会对作品中尼古拉·列文那惊心动魄的死亡留下极深的印象。对死亡一以贯之、持之以恒的思索,为托尔斯泰的作品带来了浓郁的宗教救赎氛围、强烈的道德主义情感以及无所不在的哲学光芒。

问世于一八八六年的《伊凡·伊里奇之死》,则是托尔斯泰"死亡叙事"的登峰造极之作。在托尔斯泰的世界观发生巨变之后,他的写作,也由早、中期辉煌的全景式叙事,向更为沉潜、复杂的"晚期风格"迈进。而《伊凡·伊里奇之死》正是这一过渡期标志性的作品。

曾有学者认为,与这部只有短短七十页的中篇小说相比,人类的其他一切创作都相形见绌。由这部作品所开启的有关人生根本问题的哲学和文学沉思,至今尚未衰歇。我觉得,这部作品完全可以与二十世纪以来的现代哲学著作对读。也可以这么说,二十世纪现代哲学(尤其是存在主义哲学)所论及的诸多生存问题,都可以在这部作品中找到先导性的"曾在"。顺便说一句,在十九至二十世纪的作家中,至少有三个人对当时的哲学和思想史产生了至关重要的影响。除了列夫·托尔斯泰之外,另外两位则是陀思妥耶夫斯基和里尔克。

从小说的题目看，托尔斯泰似乎有意为伊凡·伊里奇这个普通人作传。

主人公一生的经历，都紧紧围绕着"死亡事件"来展开。伊凡·伊里奇平淡无奇的过往生存，都是在惯性驱使的"无意识"之中匆匆度过的，没有什么特别值得记述的地方。在他的生命中，惟有死亡构成了"事件"，并为主人公的现世生存敞开了"决断性"时刻。换句话说，对于伊凡·伊里奇的自动化生存而言，死亡并不是终结，而恰恰是一个为时已晚的开端。

我们不妨先来看看，列夫·托尔斯泰是如何构想或设置伊凡·伊里奇这个人物的形象和性格的。

只要稍稍对照一下《战争与和平》《安娜·卡列尼娜》和《哈泽·穆拉特》，我们一眼就能看出这篇小说在人物设定方面非同一般的特殊"手法"。

不论是在外省，还是在彼得堡，伊凡·伊里奇始终是一个法院的官员。他四十来岁，既不年轻，也不算太老；他的性格既不冷淡古板，却也说不上热情；他聪明、厚道、乐观、文雅，却又老于世故，工于心计；他在官场上坚持原则、铁面无私、不善于阿谀逢迎，行事却极有分寸，很有人情味，凡事都拿捏得恰到好处；他的薪俸每年三千五百卢布，不算富有，倒也谈不上拮据贫穷；他的仕途总体上一帆风顺，可偶尔也会出现一些小小的波折和挫败感；无论他遇上多少倒霉事，最终总能得偿所愿，心想事成。

在外人看来，他的婚姻与家庭生活快乐而体面。妻子温柔、美丽，也很有教养。但随着孩子们一个个地降生，妻子的脾气也逐渐变得乖戾和易怒。他的生活过得充实，爱好广泛，但在不打牌的日子里，也会感到心灵空虚和难以排遣的无聊……

在此前的创作中，托尔斯泰很少会为他笔下的人物设立如此之多的"面向"，安排如此琐屑、互相矛盾的"身姿"。以至于我们假如一定要问，伊凡·伊里奇这个人物究竟具有怎样的人格特征的话，答案只能是"没有特征"。他最大的个性，就是"没有个性"。事实上，他的形象淹没在了上司、同学、同事、牌友等一众机构官员彼此模仿的身影之中，让人无法做出清晰的区分。

托尔斯泰在塑造这个人物时，着眼点并不是他身份、行为、性格、生活习性和做派的特异性，而恰恰是与其他人的类同性或普遍性。一句话，作者是按照日常生活中某一类群的总体形象，来描摹伊凡·伊里奇这个人物的。这个类同化的形象，我们也可把它称作"众人"。这个"众人"，也就是托尔斯泰在日记里所说的"许多人"，代表着社会生存的平均水平或一般状态。

因此，我们或许可以这样来描述伊凡·伊里奇这个人物：他并不是严格意义上的"一个人",而是可以相互替换的"许多人",或者说,可以无限复制并对号入座的"所有的人"。

当然,伊凡·伊里奇也是按照"众人"所编织的时尚、规定性、乐趣以及基本生存逻辑,来安排自己的生活的。

比如说,既然大家都去逛妓院、跳舞,他似乎也没有理由不这么做。他之所以会与妻子费多罗夫娜结婚,是因为朋友们都认为,能娶上这样一个妻子是幸福的,而达官贵人们也都羡慕并赞成这门亲事。与其他人一样,他生活在节节攀升的欲望的宰制中而不自知。能拿到三千五百卢布的薪俸,已经是十分幸福了,但他还是觉得应当为一个年俸五千卢布的职位殚精竭虑。他很快达成了这一目标,但并不满足。因为与同事们相比,他仍觉得自己的收入还是少个五百卢布。当他终于在彼得堡弄到了一幢精美、宽大的住宅并感到一切都是那么的称心如意时,他仍像一般人移居新宅时常有的感受一样,总觉得这幢尽善尽美的住宅,还"缺少一个房间"。对他或"许多人"来说,生存就意味着亏欠。暂时的满足,总会分泌出新的亏欠。而对亏欠的补救,则会达至新的满足,如此循环往复,构成了生活时间那空洞的线性轨迹。

为了对付妻子费多罗夫娜成天的唉声叹气和无病呻吟,伊凡·伊里奇越来越多地把他的生活重心转移到了公务上。一旦意识到家庭生活的空虚和痛苦,他大大地压缩了与妻子接触的时间——除了吃饭和床笫之事，他成功地将夫妻间的共同生活限定在了一个"最小化"的空间之中。

下班后，他读一些流行书籍来自娱。晚上，他就一头扎进书房，批阅文件，查看法典，核对证词。他这么做，并不是因为他喜欢工作。读点流行书籍总比什么都不做来得快乐；办理公务总比面对妻子的长吁短叹更为充实；在家中偶尔举行便宴和舞会，当然要比办理公务更为惬意；而与同事们打牌，则高居于其他一切乐趣之上。

伊凡·伊里奇诚实地认为，不管生活中遇到了什么样的烦恼，只要找上四个人坐下来打牌，那些烦恼，就会像被烛光驱散的黑暗一样，即刻烟消云散。如果在打完牌后吃点夜宵，再喝上一大杯葡萄酒，尤其是稍微赢上一点钱（赢得太多也不好），他就会觉得生活特别愉快，没有什么让人不满意的地方。

不过，伊凡·伊里奇对于生活的情调或趣味，也并不是毫无追求。举例来说，他在彼得堡弄到那处漂亮的豪宅之后，决定亲自将它装饰一番。他布置房间、贴墙纸、添家具、定制沙发套和窗帘，忙得不亦乐乎。他一心要将房子装潢、布置得既富丽堂皇，又别出心裁，不至于流于庸俗，可以让妻子、家人、同事和朋友们大吃一惊。他甚至预支了众人的赞美，沉浸在虚幻的满足感中。问题是，千篇一律的花缎、红木家具、盆花、地毯、古器和发亮的钢琴，也"无非是那种不太富裕却一味模仿富裕人家的小康之家的气派",与其他人家并没有什么两样,因而引不起观摩者的兴趣。他于是强行索要这种赞美——他兴致勃勃地领着客人到处察看,直到他们出于礼貌发出欢呼声为止。

应当说,伊凡·伊里奇的全部生活,为什克洛夫斯基所概括的"自动化生存",提供了完满的注脚。他的所作所为,与托尔斯泰在日记中描写的那个用抹布擦沙发的习惯性动作,也没有什么根本的不同。乍一看,伊凡·伊里奇的生活波澜起伏,大小事情不断,但其实本无一事。

根据福柯或巴迪欧的观点,事件与事情从本质上说完全不同。所谓事情,不过是在无意识状况下,随波逐流的沉浮所泛出的泡沫。而事件则往往指向对生存命运的沉思和觉悟,以及"良知"的觉醒。换言之,事件之为事件,并不是说它从规模上比事情更为"重大",或者对个体的刺激更为强烈,而是要看,它在何种意义上给生存本身带来了改变的"意愿"和"决心"。比如说,列夫·托尔斯泰有一次穿过田野回家时,看见一枝被车轮轧过的牛蒡花,依然带着黑泥顽强地向上挺立,从而意识到了生命的强力,并获得了生存的勇气。同样,克尔凯郭尔在田野上看见一朵盛开的野百合,引发玄想遐思,并反顾自身的处境,进而领悟到"不要忧虑"的存在意志,他们偶遇野花的这个看似微末的生活片段,也足以构成"事件"。

伊凡·伊里奇在彼得堡独自一人装饰他的房子时，发生了这样一件事。

有一次，他爬到梯子上，指点愚笨的裁缝如何挂窗帘，一不留神失足掉了下来，腰部撞在了窗框上，"伤处痛了一阵，不久就好了"。这本来是一件无足挂齿的小事，但它为接下来汹涌而至的真正意义上的"事件"揭开了序幕。

一件轻得不能再轻的小事，导致了令人不能承受的死亡之发生，也是作者寓险绝于平易的叙事技法之一。而博尔赫斯杰出的短篇小说《南方》，也以完全不同的方式，对这个"事件"进行了重述或改写。

3

伊凡·伊里奇与妻子一共生过五个孩子。其中有三个孩子先后死去，最后只落下了一儿一女。死去的三个孩子，是男是女，因何种原因而不幸亡故，作者没有交待。托尔斯泰只是在铺陈其他事情时，用极其罕见的平淡语调顺便提及。就好像作者故意要把这一重要的讯息隐藏起来似的。正如我们在前面说过的那样，对于托尔斯泰来说，"轻"就是"重"，忽略就是强调，隐藏就是显露。

法国哲学家列维纳斯曾说过，死亡说到底不过是一个"他者"。任何人没有办法体验"自己的死亡"。他的意思无非是说，我们能够经历的，只能是"濒死"状态，而"濒死"则意味着不断地迫近那个悬临着的"将来"。那个将来是一个"他者"，它永远不会成为"现在"。一个人一旦呼出了最后一口气，投入了死亡的怀抱，他已经没有了任何意识，甚至无法"看见"自己的尸身。人死之后，他就变成了"无责任的存在"。简单来说，人可以经历或体验的，无一例外都是他人的死亡。而目睹他人的死亡，与思考自己的死亡，是性质完全不同的两件事。

列夫·托尔斯泰如此轻描淡写地处理三个孩子的死亡，目的或许只有一个：三个孩子的相继死去，既没有给伊凡·伊里奇的身心带来严重的冲击，也没有影响到他一心向上爬的"正常生活"，当然更不会促使他重审或反省自己的生存。孩子虽是骨肉至亲，但仍可以划入"他人"的范畴。

在这个作品的第一小节，托尔斯泰用倒叙的笔法，花费了大量笔墨去交待"旁观者"对他人死亡的种种反应。这些反应可以被简单归纳为："还好，死者不是我"，或者"但愿告别仪式不要太长，以免影响晚上的牌局"。那么，伊凡·伊里奇对于自己三个孩子的死亡会有怎样的情感反应呢，作者仅仅用片言只字作了暗示。但有一点是可以肯定的：伊凡·伊里奇虽然在婚后也曾"经历"过三次死亡，但它们无法构成真正意义上的"事件"。

不管怎么说,现在轮到了伊凡·伊里奇本人。死亡以一种让人不易觉察的方式,不紧不慢地向他逼近,它步履迟缓,从容不迫,然而却异常坚定。

因伊凡·伊里奇不慎从梯子上跌落,他受伤的肾脏似乎出现某些问题。他的身体出现明显的病兆之前,在身体中隐伏着的"情绪"率先做出了反应。腰部隐隐约约的不适,让他的心情越来越坏,与家人吵嘴的事,也越来越频繁。他无端批评饭菜不好吃,责备儿子吃饭时把臂肘搁在桌上,呵斥女儿的发式"不正派",甚至抱怨碗碟有裂痕。于是,发现丈夫脾气反常的妻子,便不断地催促他去看病。

去看医生时,他像任何一个急于排除"不祥风险"以便重返"正常生活"的病患一样,只关心一个问题:我的病到底有没有危险?但医生偏偏不愿意在如此重大的问题上给予他明确答案。

医生的回答是这样的:

> 如此这般的症状表明您有如此这般的病,但要是化验不能证明如此这般的病,那就得假定您有如此这般的病。要是假定有如此这般的病,那么……

医生模棱两可、含糊其辞的态度,与伊凡·伊里奇在法庭上面对被告时的情形并无二致。病患或被告关心的,是自己有没有危险或者到底有没有罪，可医生和法官却认为他们的关切越出了医学伦理或法律程序的规定范围，因而不予理会。伊凡·伊里奇只能从医生的口气、语调和眼神中自行判断病情的轻重，就像被告总是被要求自证其无罪一样。

不过，所有的直觉都让他产生了某种不祥之感。在回家的途中，他觉得大街上的一切，都变得阴郁起来：马车夫是阴郁的。街道两侧的房子是阴郁的。路上的行人是阴郁的。这种阴郁的情绪似乎马上就唤醒了身体上的疼痛。他觉得自己在见过医生后，腰部的疼痛一秒钟都没有停止过，而且变得越发的厉害。

伊凡·伊里奇从明确意识到自己生病，到他最终的死亡，前后经历了差不多三个月的时光。在这个不算长可也不算短的时间段中，伊凡·伊里奇到底经历了什么？对于这个问题可能的回答，无疑是这篇小说的叙事重心所在。如果我们一定要问一问托尔斯泰对这个问题的回答，或许只有两个过于笼统的字眼：可怕。

但"可怕"一词，到底是个什么意思呢？

生病或死亡的临近，首先是作为一种惩罚或判决而存在的。而惩罚并不晚于罪行，它总是先行一步的。米兰·昆德拉在评价卡夫卡的作品时曾说，并不是罪行导致了判决与惩罚，事情或许刚好相反：先在的惩罚迫使被告去寻找自己不幸的"缘起"或"罪过"。列夫·托尔斯泰将医生的诊治过程与法院的审判并置齐观，并反复加以比照、对举，显然含有深意。在他看来，两者之间的最为关键的共同点，并不在于诊断或审判的具体过程的相似性，而是"缘起"和"罪过"的阙如。因为人之有死，与人之有原罪一样，都是预先被设定的东西。医生和法官，不过是扮演着无关紧要的见证者的角色。程序化的模棱两可，或者语言的含混与晦涩，正是他们职责所系的当行本色。

正如一个踏上诉讼之路的被告，必须设法为自己洗脱罪名，自证清白一样，伊凡·伊里奇也不得不去寻找自己不幸的"缘起"和"根源"。难道从梯子上不慎跌落所受到的轻微伤，就足以剥夺一个人的生命吗？当然，问题也可以被替换成：为什么别人都活得好好的，不幸却落到了我的身上？为什么一个礼拜、一个月前还是好好的，现在就要堕入无底的深渊？

对于这些问题，医生与法官的回答出奇地一致：您无权这样提问。可如果换作卡夫卡笔下那个既仁慈又有着铁石心肠的"看门人"，情况又如何呢？或许他看你可怜，偶尔也会牵动恻隐之心。他冒着违反法律程序规定的风险，破例向你透露天机：

因为这个不幸，恰恰就是为你一个人准备的，与他人无关。

循着寻找事件缘起的晦暗之光，伊凡·伊里奇挣扎在恐惧、多疑而绝望的泥淖之中，并一步步地逼近生存的真相。

整个过程，也遵守着"众人"或"许多人"自动化的固有途径与轨迹：他们总是幻想着将来的某一天，致命的疾病霍然而愈，所有的担忧和恐惧，都将被证明为一场虚惊。

伊凡·伊里奇开始不断地变换诊病的大夫，希望新医生给他带来不一样的诊断。他一面疑神疑鬼，觉得自己没病，一面小心翼翼地吞服各种药剂，静卧休养，积极配合治疗。这种矛盾，会让我们想起《审判》中那个可怜的K——他确信自己无罪，却因担心迟到，在通向法院的道路上飞奔。

他不时偷偷地打量医生、妻子、女儿、同事和家仆，经由探询的折光，来判断自己的病况。他悄悄地锁上房门，独自一人照着镜子，"先照正面，再照侧面"，并拿起同妻子合拍的照片，用它来与镜子中的自己做着比较，试图证明自己的变化不大，但镜子却拒绝与他合作。他想象着那些被寄予厚望的药物，如何在他体内"治病"，通过吸收和排泄，驱除疾病，让他的身体机能恢复正常。他每天都在重复这一切，但腹部的那种熟悉的疼痛和隐痛，嘴里的金属味和恶臭，却让他的心一阵阵发凉。

他随后又想出了一个新招术，凭着自己过人的意志力，全身心地投入到工作中去，来"忘掉"身体的疼痛和死亡的临近。好像只要无视不幸的存在，它就真的不存在了。

为了更好地保护自己的"遗忘"和自我欺骗，伊凡·伊里奇甚至做出了某种非理性的行为。他将客厅里桌子上的一大摞照相簿悄悄地藏了起来,把它挪到了花盆旁的角落里——因为经过仔细研究,他认定自己从梯子上跌落时,腰部是被照相簿上弯曲的青铜饰边弄伤的。油漆一新的桌面上的划痕,似乎证明了他的判断。

照相簿固然可以被藏起来,但疼痛和死亡都是不可忘却之物。当浮士德认为自己已经与死亡无关时,海边远远传来的钟声,依旧在提醒他大限的存在。在《安娜·卡列尼娜》中,列文固然可以将猎枪和绳索统统藏起来,但自杀的冲动一刻也没有停止过。

在伊凡·伊里奇最后的日子里,他只能依靠吞食鸦片来镇痛了。他感到有一种无形的力量不可抗拒地把他往一个"黑口袋"里塞。传说中诊费昂贵的名医——也是他仅存的希望,被请进了家中。他可怜巴巴地向这位名医提出了唯一的问题:

是不是还有可能恢复健康?

名医的答复是:不能保证,但可能性还是有的。

这个回答已经有一点临终安慰的意思了。他的妻子费多罗夫娜在给医生付诊费时,都忍不住哭出声来。她倒也不是舍不得丈夫的离去,而是觉得一个"死人"居然还在要求生的权利,人生实在是太惨了。再往后,习惯于模棱两可的医生,也不再掩饰他的真实判断。有一次,伊凡·伊里奇愤怒地向医生吼道：您明明知道毫无办法，那就让我去吧！医生并不生气，而是彬彬有礼地对他说："我们可以减轻您的痛苦。"

没过多久，神父来到了他的房间，听取他的临终忏悔。他在进了圣餐之后，心里觉得好受了些，立即又生出了不切实际的希望，并开始重新考虑动手术的可能性，伴随着一阵只有他自己能听清的喃喃低语：

"活下去，我要活下去。"

三天后，伊凡·伊里奇在惨烈的挣扎和叫喊声中离世。临终前的一刹那，他想要吸一口气，吸到一半就突然停住了。

4

在知悉了伊凡·伊里奇的死亡过程以及他作为"许多人"的一生之后，我们或许可以试着提出如下几个问题，并对此展开进一步的思考：

第一，伊凡·伊里奇在他平常而可怕的死亡中，领悟到了怎样的人生真相？

第二，对于自己的"自动化生存"，他有没有作过反省？如果有，其具体内容如何？

第三，在他悲剧性的一生中，是否存在过经得起推敲的快乐或幸福？在面临死亡时，谁有能力给予他真正的同情和安慰？

第四，如果生存仍有意义，如果死亡可以被超越或得到救赎，拯救的可能性又来自何处？

我认为，上述所有问题，列夫·托尔斯泰在这部不朽的作品中，都进行了认真的思考，并从存在论角度，诚实地予以了回答。在他写作生涯的早期和中期，托尔斯泰自称是个"虚无主义者"，但从《伊凡·伊里奇之死》开始，他的世界观发生了一些变化——他开始有意识地为这样一种"不值得过的人生"寻找出路。或者说，他尝试着为不断沉沦的生命寻找根基。

第一个问题相对比较简单。不论是托尔斯泰，还是他笔下的伊凡·伊里奇，他们都倾向于认为，生命不过是一个大骗局。常人看不透这一点，是因为这一真相事先被巧妙地掩饰了起来。伊凡·伊里奇继续往下追问，必然就会遇到这样一个令人困惑的悖论：既然人所有劳作、行为和在世活动，最终都要与死亡相乘而归零，那么为什么还会有"存在"这个东西呢？同样的疑问，哲学家谢林也曾提出过：为什么会有存在？为什么存在的不是"无"？

在伊凡·伊里奇生病至死亡的三个月中，他确实也曾对自己的一生进行了全面的回顾与反思，伴随着本能的恐惧与战栗。在鸦片和镇痛药的作用下，他的回顾与反省显得混乱、破碎、杂乱无章，但依然得出了一些明确的结论。

起先，他只是模糊地认识到，他自动化的、不假思索的一生，"总有些地方不对头"。进而，他又觉得"生活中的一切都不对头"。一年，两年，十年，二十年，日子一天天过下去，越往后，越是死气沉沉。在别人的眼中，他左右逢源，官运亨通，步步高升；其实，真正的生命正从他的脚下一点一点地溜掉，最终，在死亡来临时，他就掉到了那个又窄又黑、深不见底的"大口袋"里。他发觉自己把上天赋予他的一切，都白白地糟蹋了。换句话说，他醒悟到，那种"众人"或"许多人"的生活，本质上就是一个巨大的错误。这就是伊凡·伊里奇在反复自省中所认识到的"真理"。

但一切都太迟了，生活毕竟不能重来一遍。

在伊凡·伊里奇回忆往事的时候，意识中也曾闪现出一些看上去很美好的时光。但奇怪的是，随着死亡的到来，他终于认识到，记忆中绝大多数的"美好时光"都是可疑的，甚至"一点都不美好"。在生命的大骗局中，那些被功名利禄所照亮的好日子，不过是诱人跌入深渊的陷阱或诱饵。不过也有例外，那就是童年的快乐时光。尚未涉足成人世界的童年岁月，构成了他生命中最值得珍视的记忆。

离童年越远，就离虚无越近。因此，真正的欢乐，从本质上来说，不过是对遥远的过去的回忆。

在伊凡·伊里奇最后的日子里，他的妻子、女儿以及未来的女婿，同事和友人，都被束缚在自己的生活中，无力也不愿给他提供什么有价值的关心和帮助。生性放荡的妻子费多罗夫娜，一心巴望着他早死。当她意识到丈夫的死亡也会将薪俸和稳定的生活一并带走时，就更加恨他。女儿对父亲的痛苦置若罔闻，对他生病时的"坏心情"很不耐烦。有一回，她向母亲抱怨说：

"我们究竟有什么过错呀？仿佛都是我们弄得他这样似的！我可怜的爸爸！可他为什么要折磨我们？"

只有两个人给了他重要的安慰。

其中之一是他还在念中学的儿子。他还是个孩童，身上那种天使般的纯真还没有褪尽。他穿着学生装，目光总是怯生生的。当伊凡·伊里奇在垂死时大喊大叫，并挥动着双臂时，儿子抓住了父亲的手，将它贴在自己的嘴唇上，哭了起来。

另一个就是家中的佣人盖拉西姆。

这个年轻人是个庄稼汉。他脚蹬大皮靴，身上穿着干净的印花布衬衫，围着麻布围裙，袖子高卷，露出了强壮的胳臂，周身带着清新的冬天的空气，走进了他的房间。

盖拉西姆拼命压抑着自己身上的活力和欢乐，以免主人看了不高兴。可他一说话，就露出了一排洁白、健康的牙齿。为了让伊凡·伊里奇舒服一点，他用肩膀扛着主人的腿，通宵不睡觉，轻松愉快地与病人谈天。照理说，病入膏肓的人，瞧见了健康、活泼、生机勃发的年轻人，总会体验到一种病态的羡慕、嫉妒乃至愤恨，但奇怪的是，伊凡·伊里奇只要与盖拉西姆在一起，他所感受到的，就只有愉悦、平静和宽慰。

正如我们在前面说过的那样，在这个作品中，唯有盖拉西姆不属于"众人"或"常人"的序列。至少在托尔斯泰看来，这个庄稼汉象征了大地那无限的广袤与坦荡。

所有来探病的家人和同事，早就习惯了用老一套的说辞来对付他：您只是生病而已，并不会死，只要安心治疗，一定会好的。这当然是心照不宣的谎言。可盖拉西姆并不忌惮、避讳"死"这个字，也不会为了讨好主人，故意隐瞒可能随时到来的死亡真相。有一次，伊凡·伊里奇因长时间受到照料而心生愧疚，打发他回房休息，盖拉西姆直截了当地对他这样说：

"我们大家都要死的，我为什么不能照料您呢？"

与卢梭一样，列夫·托尔斯泰对生活在底层的穷人和普通劳动者，抱有强烈的好感，甚至还有一点羡慕。因忙于求生，穷人日复一日地不停劳作，他们的生存简单、粗劣而直接，不受时尚的影响和节制，更少享受到文化那欺骗性的保护。因而他们在严峻的生活中,洞悉生存的真谛,视死亡为劳作一生后一劳永逸的休息和解脱。他们的生活并不缺乏意义,从不知道无聊为何物,就像卢梭曾说过的那样:

> 人民不感到无聊;他们过着一种积极的生活……长时间的劳作和短时间的休息之间的更迭,是他们这个等级的欢娱的调料。富人们的大灾殃是无聊……他们度过自己生命的路程是,逃避无聊,随后又被它重新赶上。[1]

我相信,当今世界的许多人(包括鲁迅先生),大概都不会赞同列夫·托尔斯泰和卢梭的看法。部分原因或许是,我们这个时代的穷人和底层人,其生活状况早已今非昔比了。

伊凡·伊里奇认为自己往昔的生命"一切都不对头",那么怎样才算"对头"呢?究竟要做出怎样的改变,生命本身才会重获意义呢?伊凡·伊里奇最终也没有找到可靠的答案。但在离世之前,他还是决定即刻行动起来,对自己错误的生活加以纠正。

在沉入黑暗"大口袋"的同时,他的心里也出现了熹微

---

[1] 参见吕迪格尔·萨弗兰斯基《荣耀与丑闻:反思德国浪漫主义》,卫茂平译,上海人民出版社 2014 年版。

的希望之光。那片幽暗之光正是宽恕、悲悯和爱的力量。它来自妻子鼻子和面颊上挂着的泪珠。他首先决定宽恕妻子，并为自己三个月来对她的折磨感到歉疚。他意识到自己现在最应该做的，就是让妻子少受一点痛苦。最后，他用目光示意妻子和儿子离开他的房间，以便让他一个人来面对死亡。他在世上留下的最后遗言是"原谅我"，说出这个遗言的那一刻，原先折磨他的东西消失了。

多么简单，多么快乐！

对伊凡·伊里奇而言，正在到来的死亡也并不是毫无价值。至少，当"死"过去之后，他就再也不会有死了。

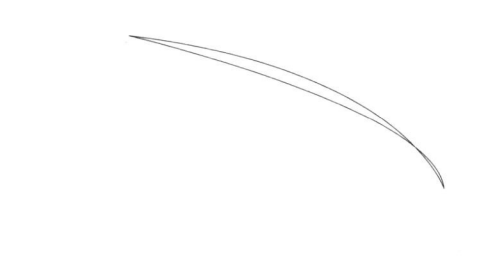

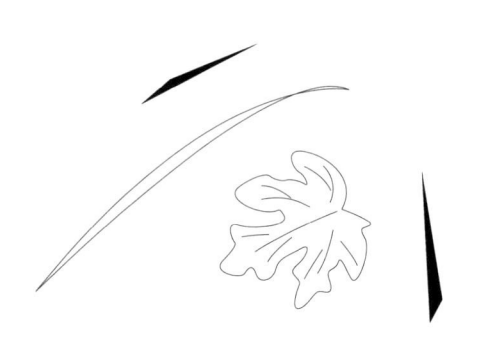

为 什 么 我 们 的 存 在 ，
不 是 一 个 巨 大 的 梦 幻 ？

蕉叶覆鹿

1

在《一千零一夜》的第三百五十一夜，山鲁佐德给舍赫亚尔国王讲述了这样一个故事：

相传在古代的巴格达城，有一位家财万贯的富翁，这人在家财耗尽之后，一贫如洗，不得不依靠艰辛的劳作来维持生计。一天晚上，他做了一个梦。在梦境中，他遇见一个人对他说："你的生路在米斯尔，你去那里谋生吧。"

他在梦醒后，立即启程前往米斯尔。

天色将晚时，他在一座清真寺过夜。那天晚上，恰好有一群盗贼经由清真寺，去紧邻的住宅行窃，从而惊动了宅子的主人。省督闻讯带人赶来捉贼，发现了睡在清真寺的巴格达人。

在一番严刑拷打之后，省督向他相继提出了两个问题：你从哪里来？你来米斯尔有什么事？

这个倒霉蛋只得如实交代说，他来自巴格达，因为做了一个梦，来米斯尔谋生。省督听了他的供述哈哈大笑，笑得连大牙都露了出来。随后省督告诉这个没头没脑的巴格达人，他曾做过三次梦，梦见有人告诉他：他的财富在巴格达的一座房子里——这处房子有个院落，院内有个小花园，花园里有个喷水池，他的财富就在喷水池底下。他当然不会去取，因为世上所有的梦都是虚幻的。

巴格达人在接受了省督好心施舍的几个第纳尔后，一路辛苦跋涉，返回了巴格达，并在自家院中小花园的喷水池下，挖出了大笔的钱财。

故事的寓意其实并不复杂：无所不能的安拉赠予巴格达人的财富，其实就在他的脚下。但他想要得到这笔财富，必须得经由一个中介。这个中介是通过前后相续的两个梦来完成的。奇妙的是，第一个梦所指引的道路，不是对财富的趋近，而恰恰是远离。巴格达人跋山涉水，前往陌生之地，并历尽千辛万苦，其目的是为了与另一个梦相遇。只有当他遇见另一个梦之后，借助于第二个梦的神秘折光，他才能领悟到第一个梦的深奥用意。

如此说来，这个寓言似乎是重复了古往今来许许多多优秀的文学作品所描述的那个基本主题：出发与回归，或者说，离家与返乡。荷尔德林曾说，诗人的唯一使命就是"返乡"。但正如陀思妥耶夫斯基所告诫的那样,"返乡"同时也意味着出发与远行,去经历世界性的"他者"。

另外,故事中也潜藏着这样一个隐秘的内核:人在世上的财富,不过是梦境的赠予品。

当然,这一文本也可以从其他的层面加以解读。按照本雅明的说法,传统民间故事,总是流溢着玲珑剔透的奇异之光。这种光晕(Aura)是不可磨损的,无论你如何阐释解读,它都会留有剩余。

2

众所周知,阿根廷作家博尔赫斯对这个故事进行了挪用或改写。在博尔赫斯的笔下,这个故事是由阿拉伯历史学家艾尔-伊萨基转述的,但其内容几乎完全拷贝了《一千零一夜》的相关叙事,甚至连省督(小说中的"巡逻队长")在哈哈大笑时露出了大牙这样的细节,也照录不误。

不过,在一些看似无关紧要的地方,作家却出人意料地做出了增删和改动。这些改动包括以下几个方面:

第一,在《一千零一夜》中,巴格达人在梦中见到了一个给他指点迷津的人,而这个人的具体样貌却付之阙如。到了博尔赫斯笔下,此人不仅浑身被雨淋得透湿,而且嘴里还衔着一枚金币。这一细节堪称神来之笔,既清晰生动,又如梦境般离奇恍惚，令人过目不忘。

第二，在故事主人公前往目的地的途中，博尔赫斯加了这样一句话，以概述旅途的见闻与经历：

> 他第二天清晨醒来后便踏上漫长的旅程，经受了沙漠、海洋、海盗、偶像崇拜者、河流、野兽和人的磨难艰险。[1]

第三，博尔赫斯明确规定了主人公做梦的地点：自家花园的一株无花果树下。这一改动，从现代小说的叙事技法上来看极为重要。因为在小说中，巡逻队长在讲述梦境中藏宝之地时，再次提到了这株无花果树。也就是说，两个人所做的梦，虽然方向相反，却在无花果树下形成了重叠与交汇。

第四，博尔赫斯将原来故事的标题《一梦成富翁的故事》或《一个破产者一梦醒来又恢复财富的故事》，改为了《双梦记》（一译《两个人做梦的故事》）。由此可见，博尔赫斯对民间故事中"一夜暴富"没有什么兴趣，他所关心并特意强调的，是两个梦境的交汇和"映射"。

尽管这些细微的改动给民间故事披上了现代小说的外衣，但对读者来说，博尔赫斯这个作品的"原创性"仍然是

---

[1] 豪尔赫·路易斯·博尔赫斯：《恶棍列传》，王永年译，上海译文出版社2015年版。

有疑问的。换言之，博尔赫斯将一个古老的阿拉伯传说几乎原封不动地重述一遍，究竟有何必要？为了回答这个问题，我这里想简单地谈一谈，博尔赫斯在《双梦记》中做出的最重要、但也最容易被我们忽略的改动。

在《一千零一夜》中，巴格达人前往谋生并获取财富的地点，被称作"米斯尔"。"米斯尔"是阿拉伯语 MISR 的音译。MISR 这个概念的语源、含义以及流变的历史极其复杂，学界的说法也不尽相同。撇开这些不谈，MISR 指的应该是埃及，地属非洲东北部，这一点应无争议——在纳训的中文版里，MISR 就被直接翻译成了"埃及"。简言之，那位家产耗尽的富翁，是从他的居住地巴格达出发，一路西行，去往遥远的埃及寻求他的财富的。

而在博尔赫斯的小说中，主人公的出发之地变成了埃及的开罗，他必须一路向东而行，才能抵达梦境中获取财富的地点，也就是与巴格达同属中东的"伊斯法罕"。因此，在两个不同的文本中，主人公的出发之地和寻求财富的目的地恰好形成了"颠倒"或"互换"。通过这一"反向叙事"的游戏装置，我们可以清楚地看到，博尔赫斯的《双梦记》与其说是《一千零一夜》故事的简单复制，不如说是它的"反影"。两个文本的故事构架完全相同，但却互为镜像。

应当说，博尔赫斯对《一千零一夜》中的这个故事做了最小化的改动和处理。这些改动，作为现代叙事手法的一部分，使得故事中原来就蕴藏着的认识论及存在论意涵，一下子变得显豁起来。对于早年的博尔赫斯来说，真实的世界是不可知、甚至是不可思的。现实的世界图景，不仅虚幻，而且在梦境或镜子的映射之下不断地繁衍与增殖。

3

博尔赫斯是一个梦的收集者，毕生致力于梦的研究。他的小说、诗歌和随笔中充斥着各式各样的梦。他笔下的那些意象，比如镜子、小径分岔的花园、迷宫、火和老虎，都无一例外地带有梦的特征。他之所以醉心于此，是因为他与休谟、拉康一样深信，文学作品，与梦境一样，都是现实世界的扭曲、变形和隐喻。最为重要的是，现实生活所提供的明晰性、逻辑性和因果关系，只是一个假象，它的内在根基其实是不可理解的。

在博尔赫斯的早期创作中，《往后靠的巫师》也同样令人印象深刻。

在圣地亚哥城里，有一个教长，非常渴望学习巫术。他听说托莱多的堂伊兰精通此道，就去那儿找到了他。一番寒暄之后，堂伊兰这样对教长说：他已经提前知道教长要来找他，而且他还知道，教长在学会了魔法之后，一定会把自己的帮助与恩惠忘在脑后。教长照例矢口否认，并保证说，他一定会报答堂伊兰，并随时愿意为他效力。

在向他传授巫术之前，堂伊兰没有忘记吩咐家中的女仆，让她准备鹌鹑做晚饭。

抬开地上的一块铁板，沿着一条石板台阶，堂伊兰将教长带到了位于特茹河床底下的地下室里。他们正在翻阅魔法书时，圣地亚哥城来了两位信使。信是主教写来的，他在信中说自己得了重病，很想在离世前见教长一面。教长只是写了封道歉信让人带回去，自己继续留在托莱多学习魔法。三天之后，又有几个身穿丧服的人来给教长送信，说主教已经去世，蒙主之恩，教长有很大的可能接替主教一职。十天之后，两位衣着考究的使者来见他，祝贺教长荣升主教。堂伊兰遂请求他将教长的空缺赏给自己的儿子。主教答复说，他已经将这个位置留给自己的弟弟了。如果他们父子愿意随他一起去圣地亚哥赴任，主教许诺给他儿子在教会里另找一个职位。

六个月后，教皇的使者来见主教，任命他为托洛萨大主教。堂伊兰再次请求主教把空缺的职位给他儿子，大主教答复说，这个位置他已经留给了自己的叔叔。如果他们父子愿意一起去托洛萨，他将另给堂伊兰一些好处。

他们抵达托洛萨两年之后，大主教晋升红衣主教，可红衣主教仍然没有将空缺的职位赏给堂伊兰的儿子，而是将它留给了自己的舅舅。

最后他们一行来到了罗马,时间又过去了四年,红衣主教荣升为教皇。堂伊兰跪在教皇的脚前,提醒他不要忘记自己原先的承诺。这一次,教皇没有再找任何借口,而是恼羞成怒地威胁他,如果堂伊兰再这样胡闹,就把他投进监狱。最后,堂伊兰在万般无奈之下,只得哀求教皇赏赐一点食物,供他们返回托莱多时,在路上吃。教皇又一次拒绝了他。于是,堂伊兰,这位无与伦比的魔法师,以毫不犹豫的声调对他说:

> 那我只得吃我为今晚预备的鹌鹑了。

这篇小说是这样结尾的:

> 女仆出来,堂伊兰吩咐她开始烤鹌鹑。话音刚落,教皇发现自己待在托莱多的一个地下室里,只是圣地亚哥的一个教长,他为自己的忘恩负义羞愧得无地自容,结结巴巴不知怎么道歉才好。堂伊兰说这一考验已经够了,不再请他吃鹌鹑,把他送到门口,祝他一路平安,客客气气地同他分了手。

与《双梦记》一样,博尔赫斯的这篇小说同样采写自阿拉伯的民间传说。但在上世纪八十年代,我第一次读到这个小说的时候，就发现它与唐代沈既济的《枕中记》具有大致相同的结构和寓意。《枕中记》这个传奇故事因"黄粱一梦"这个成语典故，为世人所熟知。

精通神仙之术的道士吕翁，在邯郸道上的一个客栈里，与正要下地干活的卢生相遇。在交谈中，卢生不住地长吁短叹，抱怨自己的不得志与穷愁艰困。说着说着，就有些睡思昏沉。当时，客栈里的主人正在用黍子蒸饭。吕翁从行囊中取出一个枕头，递给了卢生。卢生立刻就做起梦来。

卢生在梦中飞黄腾达，不断升迁，最后位极人臣，成为天下望族的全过程，与《往后靠的巫师》略相仿佛，兹不备述。最让人惊异的是，在魔法或梦幻开始之时，两个故事都设置了入梦与出梦的关键枢纽：烤鹌鹑与蒸黍子。而到了大梦方觉之时，鹌鹑未烤而黍子未熟，故事又回到了它的起点。

博尔赫斯有一句人所共知的名言：全世界的人都在写同一本书。当然，如果你愿意，也可以把这句话改为：全世界的人都在做同一个梦。

4

中国本来就是一个酷爱做梦的国度。无论是在传统文史经典中，还是在上古神话、民间故事以及仙、释文化的传说中，关于梦的记述与描绘，可谓汗牛充栋，蔚为大观。

唐代诗人白居易曾写过两首题为《疑梦》的诗作，其中之一是这样的：

> 鹿疑郑相终难辨，
> 蝶化庄生讵可知。
> 假使如今不是梦，
> 能长于梦几多时。

这首诗的意蕴浅近晓畅，没有什么难懂的地方，这里暂且不谈。诗中引用了两个典故，其中的"蝶化庄生"，源于《庄子》，也为大家所熟知。略微难解的，是"鹿疑郑相"的出典。这个典故，《红楼梦》第三十七回也有所涉及——林黛玉以"蕉叶覆鹿"这个典故，来打趣"蕉下客"探春。

这个典故最早见于《列子·周穆王》，大致的故事如下：

郑国有个樵夫外出砍柴，偶然遇见一只受了惊吓的鹿，就上前把它打死了。他担心别人看见，就把鹿藏到一条沟壑里，在上面覆盖上了柴草。当樵夫砍完柴回来找这头鹿时，竟然忘了藏鹿的地方，遍寻不获之后，就以为自己不过是做了一个梦。

在归家的途中，他逢人就说起这件事。言者无心，听者有意。耳闻这件奇事的一位路人，真的按照砍柴人所说的路径前去找寻，果然在那条沟壑里发现了这头鹿，并把它拿回了家。他向妻子说明原委，妻子揶揄道："哪里有什么樵夫？我看你是在做梦吧！不过，如果说你只是梦见樵夫得了一头鹿，好像也不对，因为你现在的确得到了一头鹿，难道是你的梦成了真？"丈夫道："反正得到了鹿是真的，管它梦不梦的呢。"

再说说那个倒霉的砍柴人。樵夫回到家中，因丢了鹿，心有不甘，晚上就做起梦来。他不仅梦见了藏鹿的地方，也梦见了那个得到鹿的人。第二天一早，他就赶往那人的家里。双方为这头鹿争执不下，最后告到了法官那里。

法官对樵夫说："你当初得了一头鹿，却误以为自己做了个梦。后来明明是梦见了那头鹿，又胡说是真的。那个人真的拿走了你的鹿，可他妻子却说他在做梦。由此可见，并没有什么人真的得到过这头鹿。事已至此，不如这样，你们一人一半分了吧。"

后来，郑国的国君听说了这件事，对此评论说："我看这个法官也是在梦中替人分鹿吧。"他征询宰相的意见，宰相说："到底是不是梦，我也无法分辨呐，擅长此道的唯有黄帝和孔丘，现在他们两人都不在了，谁还能分得清真幻呢？"

与《一千零一夜》中的那个传说一样,这个故事最初只涉及到了两个梦境的交汇。但紧接着,梦就像多棱镜中的反影,开始了急剧的繁殖。故事中每个人都彼此成为镜像和倒影,到了最后,这梦境的万花筒,甚至将世界本身都纳入其中。

在《红楼梦》中,除了形形色色、层出不穷的梦境之外,还有西洋镜中的影像所暗喻的真妄难辨的梦中之梦。博尔赫斯心仪《红楼梦》,这并不奇怪。在《小径分岔的花园》这篇小说中,他借助人物之口,将《红楼梦》解读为一个现代意义上的"超级迷宫"。通过"迷宫"这一新意象,博尔赫斯将梦与镜子的"无限繁殖"关联在了一起。

博尔赫斯在他那首著名的《镜子》一诗中,曾如此感叹道:

> 上帝创造了梦魇连绵的夜晚
> 也创造出了镜子的种种形体,
> 只为让人自认为是映像幻影,
> 也正是如此,我们才时刻惊悸。[1]

---

[1] 豪尔赫·路易斯·博尔赫斯:《镜子》,收入诗集《诗人》,林之木译,上海译文出版社2016年版。

将现实世界解释为梦境,当然是老生常谈。一点不夸张地说,"人生如梦"这样的比喻,与人类社会的历史一样古老。不论是在中国、希腊、波斯、阿拉伯、印度的文明史中,还是在现代主义文艺作品中,通过对梦境的仿制来暗喻世界的虚幻不真,始终是一个无法绕开的话题。

博尔赫斯在《镜子》这首诗中提出的问题是,为什么上帝创造了一个看上去坚固结实的世界,又创造出梦境和镜子,让我们得以窥见它的虚幻与弱不禁风,让我们看似生活在"万有"之中,却还要去体认它的"空无"?

我们或许还可以从另一个角度提出问题。为什么"梦"这样一个老旧到烂俗的比喻或意象永不磨损,从不过时?为什么这个意象在历史与时间的流转中,不仅没有耗尽它的能量,反而代代相续并推陈出新,愈变愈奇?

如果一定要对此加以解释,我以为这是由人类生存本身的脆弱性和有限性决定的,或者说是由我们的人生基本经验决定的——处于颠倒幻影之中的不真感与恍惚感,本来就是我们日常经验的一部分。

在《金刚经》的结尾,佛陀连用九个比喻来解释事物的虚幻不真:星、翳、灯、幻、露、泡、梦、电、云——为追求行文的简洁,鸠摩罗什在翻译这九个比喻时作了节略,只保留了其中的六个。而作为现代哲学奠基者之一的笛卡尔,在阐述"我思故我在"这一命题时,也曾这样追问道:为什么我们的存在,不是一个巨大的梦幻?

我想,只要人类社会还存在,类似的问题就会一直被诘究下去。

除了闪耀在作品中的幽微之光，
文学之中不存在另外的美与真理。

佩涅洛佩的编织：记忆与遗忘

1

奥德修斯在外漂泊的最后三年中,在他的家乡伊塔卡,妻子佩涅洛佩遭到了众多公子王孙的围攻。他们每日里麇集在奥德修斯的家中,向他的妻子求婚。佩涅洛佩为了摆脱求婚者的纠缠,便想出了一个计策。她谎称自己正在为年迈的公公编织一件寿衣。她向求婚者许诺说,只有等她织完了寿衣所需的布匹之后,她才会考虑改嫁一事。她白天织出的布匹,到了晚上又被偷偷地拆掉。就这样织了拆,拆了织,无限期的拖延,就成了真正意义上的拒绝。

佩涅洛佩重复性的劳作,并不是为了产物(布匹)的使用。日常制作活动呈现出了虚耗时光的"无用性",它指向了一个更为隐秘的目的,那就是对丈夫归乡的期盼与等待。当然,她也把自己对丈夫的忠贞、思念、梦想和希望,编织进了不存在的寿衣之中。

早有学者指出，文学写作实际上与佩涅洛佩的编织极为相似。文学作品作为劳作的产物，恰恰是由于它本身的纯然"无用"，昭示出了写作的意义所在。任何编织活动都需要材料，需要经线与纬线的交织。而来自其他文本的"引文"（quotation）与作者的个人经验，构成了这种编织活动的基本经纬。

2

罗兰·巴特认为，任何文学文本，都可以被看成是由无数个中心的"引语"所构成的编织物。要理解这一点并不困难——作者一旦使用语言，即会立刻与早已存在的其他文本的"印迹"相遇。这些印迹包括语词中堆积的意象、典故、概念、意指以及约定俗成的意义，诸如此类。语言并非某种纯洁之物，它总是预先就浸透了太多的意义、功能或规定性。因此，从根本上说，所谓"原创性作品"从未在世上真正存在过。而在克里斯蒂娃看来，一个文本总是会和其他文本的"遗存"发生这样和那样的关联，她把这种关联性称为"互文性"（intertextuality）或"文本间性"。因此，从最极端的意义上来说，写作意味着对已有语言、文本的引用和重新编织。

在这些枯燥乏味的理论背后，存在着这样一个重要的事实：在写作中，我们不仅在"讲述自己的故事"，同时也在有意无意之中重复别人早就讲过很多遍的故事。

3

当然，除了他人的故事或"引文"之外，现代小说的作者，也会通过特殊的手法，将自己的个人经验与人生阅历编织进作品之中。我们知道，传统的写作者们，常常将神话、历史轶闻、民间传说以及道听途说的"丛残小语"，作为编织故事的基本材料。现代小说的作者则更多地依赖他自身的经历和人生经验。而一切个人经历或经验，都是以"记忆"的形式存在的。因此，当一位小说作者走进了他的书房，端坐在写字台前，在幽暗的灯光下开始编织他的"白日梦"时，他不过是在调动、打捞自己的过往记忆而已。

那么，人类为什么要发明出这样一个看似没有什么实际功用、却被很多人认为很有必要的"劳作"方式呢？换句话说，我们为什么需要故事或叙事呢？如果你有兴趣追索这个问题的答案，不妨去思考一下佩涅洛佩的编织。

4

回忆是一种日常行为，随时随地都有可能发生。如果我们说，任何人无时无刻不生活在对往事的回忆之中，也不算多么的离谱，因为现代心理学早已反复证明了这一点。至少，在柏格森或威廉·詹姆斯看来，人类的意识活动本来就包含着过去、未来和现时的交互运动。但严格说来，写作并不是一种简单被动的日常回忆活动，而是主动的"追忆"。在这里，追忆的意思是说，人们为了某种目的，人为地去搜索、钩沉、追寻自己的记忆。现代作家废名将这种追忆，形象地比喻为"反刍"。简单来说，回忆是因为受到某事的刺激或触发而出现的旋生旋灭的意识活动，而追忆则是一种"事后"的凝望，常常伴随着出神入化或灵魂出窍的迷醉感。

5

普鲁斯特的写作，区分了两种完全不同的记忆形式。其中之一是"意愿记忆"，也有人称它为"主动记忆"，而另一种则通常被描述为"非意愿记忆""被动记忆"或"无意识记忆"。

意愿记忆可以被简单理解为"愿意记住某事"或"可以且应该记住某事"，它通常是主动的，有明确意识的。那些或好或坏的事情，经过意识的处理，被暂存于大脑复杂网络的"多宝阁"中。意愿记忆或主动记忆，往往以"概要"的形式被编目并储存起来，等待回忆的召唤。而非意愿记忆或被动记忆,则通常与某种特定的氛围感、色彩、味觉、情绪等冗余物联系在一起,被我们的意识辨识为无关紧要的、可以被剔除和忽略的"琐细小事"。普鲁斯特通过他卓有成效的写作,似乎向我们证明了这样一个全新的观念:在写作中,作为"肌质"的非意愿记忆,要比作为"构架"或"概要"的意愿记忆重要得多。

不过,意愿记忆与非意愿记忆的区分,也不是一劳永逸的,更不能一概而论。

6

在生活中,时常会发生一些我们不愿意记住,但意识却强迫我们记住的"重大事件",比如说,不堪回首的耻辱、伤痛与不幸。我们想尽一切办法,将这类记忆驱入遗忘的黑暗之河,但它们仍会从意识的河床下不时露头,猝不及防地给予我们重重的一击。有时,我们越是企图忘却某事,它就越是容易频繁地占据我们的意识中心,彰显它的暴力,以及面目狰狞的存在。

如果事情本身过于酷烈,甚至完全超出了我们的身心所能承受的限度,大脑就会通过直接切断记忆或者故意淆乱记忆内容,对我们的生存提供保护。由此,各种各样的神经症和精神疾病就会相继发生。

7

如果我们将文学的写作或阅读，看成是一种"自我疗愈"的过程，那么，它的功能与作用机制，与精神病大夫对病人的治疗具有高度的相似性。正如我们已经知道的那样，精神分析疗法的第一步，往往正是"诱导回忆"。也就是说，重新召唤病人的记忆，让他们重新面对那些被遗忘或被压抑的事实。一般来说，心理治疗的首要步骤，就是"让病人说出自己的故事"。而文学，不论是传统形式的神话、史诗、志怪传奇或街谈巷议，还是现代小说，其首要职责也是"讲故事"，不管这些故事是源于道听途说，还是出自个人经验。在日常生活中，个体在面临不公正境况或难以排遣的烦忧时，也会本能地求助于他人，通过向他人说出自己的故事，让身心复归平静。同样，对于一个因失去亲人而深陷悲痛中不能自拔的人来说，让其摆脱伤悲的最好途径，就是去写一篇关于死者的故事，从而让自己被压抑的情绪得到宣泄。

我们不应忘记，在《一千零一夜》这部伟大的作品中，山鲁佐德正是用一篇又一篇总也讲不完的故事，通过无限的拖延，最终将死亡悬搁了起来。她所用的办法，与佩涅洛佩的编织活动如出一辙。

因此，《一千零一夜》这部作品，也可以被看成是人类通过"故事"来战胜那不可战胜的死亡的一个隐喻。正是在这个意义上，本雅明和拉什迪，不约而同地将故事艺术的消亡以及讲故事能力的衰退，视为人类堕入无底深渊的象征。

8

只要我们将《一千零一夜》的故事，与现代小说中的故事做一个粗略的比较，就会立刻发现两者的根本不同。

正如佩涅洛佩手中的那件寿衣永远也织不完一样，民间故事的讲述活动，也是一项不会真正完结的劳作。故事产生的目的之一，正是为了它可以被另一个讲述者加以拆解和重构，其走向或分叉具有真正的开放性。我们只要认真研究一下民间故事的结构和形式，就会清楚地知道，它或许有一个开头，但从来无权拥有一个结尾。因为谁也无法预料，故事最终会走向哪里。但现代小说却需要一个人为给定的"结尾"，大部分作家都习惯于用主人公的死亡来作为故事的结尾，而非民间故事那个象征性的终曲所吟唱的那样：

他们美好的日子万年长。

另外，《一千零一夜》中的故事，大多具有强烈的"神奇性"，有着寓言般的光晕和灵氛。而现实生活中由个人经历织成的故事，则是祛了魅的，了无生机和同质化的存在。

而且，我们这个时代越往前走，这种同质化和了无生机就愈发的明显。与许许多多的民间故事一样，《一千零一夜》具有抚慰人心的时空整一性，现实经验则越来越趋于局部和碎片化。

由此，我们回过头再来审视普鲁斯特的《追忆似水年华》，就会发现普鲁斯特的工作所隐含着的两个重要目标。首先，与山鲁佐德一样，处于哮喘病折磨之中的作家本人，意欲撰写一部卷帙浩繁、一眼望不到尽头的"长河小说"，来象征时间的无限绵延，尽可能地延迟和悬搁死亡的到来。其次，普鲁斯特通过对"无意识记忆"的凝望和打捞，试图重新恢复故事或"事件"应有的灵氛、光晕和神奇性，将碎片化、日益分崩离析的现实性，融入无意识记忆的汪洋大海之中，让现时的自我，保留其本质的过去的对象物以及有待实现的未来的潜能，彼此通联，进而重获生存时空的整全性。

9

但在我看来，普鲁斯特所谓的"非意愿记忆"或"无意识记忆"，还不是附着在我们身上最深刻的记忆。如果我们想要追寻这种最原始、最根本的记忆，并给它一个恰当的名称，我想，它也许可以被命名为"遗忘"。

10

我们在此或许可以暂时地偏离一下上述话题,试着提出一个看似荒唐却也并非毫无必要的问题:

为什么我们一旦踏入大自然的怀抱,看到溪流、群山、树木、白云,听到鸟鸣、风声和淙淙流淌的泉水声,就会立刻产生一种甘甜而惬意的迷醉之感?氤氲于山水林泉间的风景,为什么会成为一种遥远的召唤,让我们心驰神往?

当然,你可以简单敷衍说,因为山水、自然风光或所谓的风景中,有一种特别的东西,人们通常称之为"美"。但为何是风景这种事物而不是其他什么东西,不断重复性地溢出美感?你或许可以回答说,因为它会使我们产生愉悦。如果我们接着问,这种愉悦之感究竟来自何处,答案很可能是,它来自风景或山水的静穆、崇高与和谐。问题可以如此这般地循环往复,结论也五花八门,因人而异。

也许有人对这个问题不屑一顾。在他们看来,对风景和山水的欣赏与喜爱,并不是人类的天性,相反它是文明和文化熏染的结果。比如说,只有生活在喧嚣都市的人,在渴望重归寂静和闲适之时,才会去寻觅自然、山川与风景,从而放松身心。原本就生活在深山老林原始风光中的人,对司空见惯的自然美景,不仅毫无兴趣,反而会感到寂寞、沉闷和恐惧。

某些现代主义者会一口咬定说，"风景"这种东西，不过是近现代以来的一种发明，它是被人为建构起来的，是一种新发明。由于人被无所不在的社会性逼入"内面"和自我意识的深处，风景才会真正出现。因此，风景是人与自然分离的后果。举例来说，风景与山水画乃是近现代以来才出现的新生事物，而文学作品中对风景的发现，起源于对远方的神往，以及现代性的"时钟回拨"。

这种说法虽然时髦，但却是站不住脚的。如果真的是这样的话，别的我们先不说，中国古典诗词从《诗经》时代就开始的对山水与自然风物的反复歌咏，又是怎么一回事呢？

关于这个问题，德国浪漫派诗人（比如蒂克、诺瓦利斯和荷尔德林）的回答，早已广为人知。

他们认为，自然与山水，是人类曾经生活过的那个可以被称作"家园"的"诸神世界"的遗存，而那个天堂般的家园，以及家园中伟大的寂静，早已被我们遗忘。自然和风景的存在，提示了那个被遗忘世界的存在。

因为遗忘，在我们与那个"诸神世界"之间，存在着一个无法越过的深渊。也正是因为遗忘，我们都成为了广袤大地上的"异乡人"。诗人们所要做的工作，就是探身进入这个深渊，去追寻诸神远去的身影。

换句话说，我们之所以会在自然山水之中感到愉悦并体验到那种令人沉醉的美,只有一个原因:我们对那个被黑格尔称为"高级动物园"的世界,仍然拥有着残存的本能记忆。也可以这样说,那个世界虽说被我们的心灵所遗忘,但身体的记忆依然存在。因为身体作为"自然"的一部分,拥有着心灵无法比拟的记忆力。

据此我们可以理解,为什么被频频召唤的"风景",成了荷尔德林一生中最重要的"保护神"。

11

正如学者们早已指出的那样,弗兰茨·卡夫卡的所有作品,都源于这种"遗忘"的馈赠。实际上,卡夫卡笔下的人物,生活在两个截然不同的世界之中。其一是庞大的、其复杂程度远超过想象的现实世界,那是一个由官僚、国家机器和法律所组成的世界。在这个世界中,生存意味着荒谬与错误。另一个,则是被遗忘的世界。那些人物,既没有社会身份,也没有来历、故乡,更谈不上什么个性。如动物般的信使,在这个失却了记忆的世界上往来穿梭。这个世界充满着孩子气,有着史前的天真无邪,以及随处弥漫的"乡野气息"。

卡夫卡本人就处在这两个世界的缝隙中。他终其一生都在渴望独处与寂静,试图从难以应付的现实生活中疏离出来。另一方面，他始终没有放弃在尘世中做一个普通人，试图获得梦寐以求的社会身份和现实性。

遗忘的阴影笼罩着卡夫卡的生活和写作。他想给上帝写信，却苦于找不到收件人的地址。因为记忆的痕迹，不是被抹除了，就是显得暧昧不明。记忆中的世界即便存在，也是以"沉默"的方式存在的。就像卡夫卡晚年时意识到的那样，塞壬用来诱惑我们的武器，不是歌唱，而是沉默。

如此看来，卡夫卡的创作也可以被理解为对于始终沉默着的、不可表象的"遗忘"的追忆。

12

冯友兰在《中国哲学简史》中曾说，中国人尊重过去的经验，其哲学思想中，普遍有一种诉诸古代权威、回望失落世界的冲动。追寻失落的过去，正是为了给现实世界提供依据，并对所谓的"礼崩乐坏"进行批判。孔子追溯文王周公，墨子诉诸大禹，孟子回看尧舜，而道家则目光投向了伏羲、神农。

老子不仅憧憬过"小国寡民"的理想社会，设想过美丑、是非、善恶未分前的"混沌"世界，甚至也想象过人类未生前的"虚静"状态。那个状态，老子将它称为"无名"。那是一个不可思、恍兮惚兮的"无"的世界。所以，老子才会说，道之为物，惟恍惟惚。

顾颉刚也认为，中国古代思想史中，有一种"向后看"的既定视角，其历史观不是向前进化，而是属于一种复古性质的"退化论"。

类似的看法，在中国现当代史学界十分常见。仅从事实层面来看，冯友兰、顾颉刚等人的看法当然也不能算错。但只要简单地回顾一下西方文明史，我们即可发现，在欧洲古代漫长的历史时期中，西方人其实也是"向后看"的。否则就不会有赫西俄德"黄金时代、白银时代、黑铁时代"一类的区分了。欧洲文明也习惯于从过去时代，从远古的历史中寻找现实依据。"重返希腊运动"在历史上一再发生，即便到了文艺复兴之后，对希腊的再发现，对柏拉图和亚里士多德的不断追溯和重新阐释，也构成了近现代哲学产生的重要动力。

也许要等到欧洲启蒙运动的出现，等到现代资本主义意识形态确立其牢固地位，欧洲思想才会创造出一个全新的文化机制。这种机制最终建立起了对于"未来"的想象或信仰。惟有当朝向未来的信仰被建立之后，进化论式的"向前看"才会成为可能，"过去"才会被真正污名化，进而沦为一种"负担"或"障碍"。

这种将目光投向未来的新信仰，与早期基督教的基本伦理相比，其实也没有走得太远。它固然没有致力于重建一个新的"弥赛亚时间",但这种服务于资本投资回报率的新构想,毕竟也许诺了一个进步的、理想化的乌托邦世界的到来。

不过,对于未来的期望、准备与想象,也有一个致命的弱点。那就是未来的脆弱性、不可预见性和彻底的不确定性。压抑和牺牲的本钱是实实在在地付出了的,但回报只是"在路上",甚至永远不可兑现。

然而,对于过去的贬损或抛弃又意味着什么呢?

埃德蒙·伯克在《法国革命论》中曾说,传统及其规则,作为千百年来人类智慧的结晶,之所以比个人变幻不定的认识更有优势,是因为它是亡灵、生者与未诞生者之间所建立的"联盟表达"。对过去的抛弃,意味着传统、身份和文化记忆的丧失,从而使得生存本身沦为一堆令人生疑的任意数据,既无来处,亦无归途。

没有过去的参与,我们甚至无法说明和想象未来。

13

在《红楼梦》的第三回,贾宝玉初见林黛玉时,黛玉的内心活动是"吃一大惊"。她心下暗想,"好生奇怪,倒像在哪里见过一般,何等眼熟到如此";而贾宝玉的反应与林黛玉亦相仿佛,他向贾母一口咬定说,"这个妹妹我曾见过的"。于是,"外来客"变成了"旧时友","初见"就成了"重逢"。

曹雪芹如此描述宝黛二人的初见,固然受制于小说所预设的"前世姻缘"的构架,但也恰如其分地说明了"现在"与"过去"彼此通联的神秘性。任何新奇、美好的事物,带给我们刹那间的现时感受,总是一见如故、似曾相识的。

所谓的未来之物,顾名思义,指的正是尚未来到的陌生之物。我们对于它的想象或"提前享受",所依据的也是过去的提取物。因此,我们对未来的想象,从根本上来说,也不过是一种"追忆"。假如用哲学概念来表述,日常操劳始终期盼的,总是明日之事。而明日之事则是"永久的昨日之事"。

简单来说,未来并不是什么新东西,它不过是一个乔装打扮的过去而已。

14

过去的事物,指的无非是曾经有过的事物;未来的事物,则意味着我们始终期待着的、尚未到来的事物;而现在则是一个暂时性的停顿。在某种意义上,写作活动总是发生于这个停顿的时刻。我们在回望、想象、追忆那些非连续性的"曾在之物",并不意味我们要回到过去早已消逝的事物中去，而是希望借由追忆这道折光，以便在感知时代的黑暗的同时，来辨认、探寻此刻的道路，并将追忆的此刻，保持为一个过去、未来以及一切命运的交汇点。

15

意大利诗人蒙塔莱，曾写过一首意味隽永的短诗《也许有一天清晨》：

> 也许有一天清晨，走在干燥的玻璃空气里，
> 我会转身看见一个奇迹发生：
> 我背后什么也没有，一片虚空
> 在我身后延伸，带着醉汉的惊骇。
> 接着，恍若在银幕上，立即拢集过来
> 树木房屋山峦，又是老一套的幻觉。
> 但已经太迟：我将继续怀着这秘密，
> 默默走在人群中，他们都不回头。[1]

卡尔维诺在分析这首著名的小诗时曾说，人类永远欠缺一双脑后之眼。人的视线可以向前方或左右延伸，但他的视

---

[1] 参见伊塔洛·卡尔维诺：《为什么读经典》，黄灿然译，译林出版社2006年版。

野,依然是面前的弧形视野。"我们团团转,把我们的视野摆在我们眼前,但我们永远无法看到我们视野以外的空间是什么样子的。"

像风景一般摆在我们面前的,只是一个对象化的事物。它们无非是在干燥的玻璃空气里存在的树木、房屋和山峦,犹如在银幕上不断变换的老一套光影。因为我们从不回头。诗人却通过瞬间的转身回望,发现了一个让人惊骇的"奇迹"。

尽管他目睹了这一醉眼中的奇迹,但他却不打算声张,仍默默行走在人群中。他与人群的不同,就在于他心里多了一个秘密。这个秘密就是世界的根基。我们可以把它称为"无"或"虚空",但它仍是一个无根基的根基。

这首小诗最让我感动之处,恰恰就在于诗人转身回望,却又继续向前的刹那间身姿。他怀揣着一个秘密,与众人同其波流,湮没于人群之中,既属于这个时代,又迥然不同于时代的当下性。

他是一个同行者,又从行列中疏离,因而显得卓尔不群。

16

在麦尔维尔的笔下,抄写员巴托比所供职的律师事务所,位于曼哈顿繁华的华尔街上。从窗口向外望去,十英尺之外就是一堵年深月久的黑乎乎的高墙。四周耸立的摩天大楼，挡住了所有的光线。到了晚上，巴托比置身于漆黑一团、空无一人的办公大楼里，如同一个坐在迦太基废墟上冥想的星象学家。

巴托比痛苦、自毁的人格，源于"光亮"的不可抵达。

巴托比在成为一名文书抄写员之前，曾是华盛顿"死信局"的低级职员。他的日常工作，就是处理一封封无法寄达收件人的"死信"。那些给人带去爱情、信心、温暖和宽恕的信件，被整车整车地烧掉。当巴托比从折叠的信纸中取出一枚戒指时，原本可以戴上它的那只手，已在坟墓中静静地腐烂。

而在《白鲸》中，我们也可以找到类似的情节：当一封家信在茫茫的大海上辗转找到了那个可怜的船员时，他早已葬身鱼腹。

那些信件，犹如黑暗中的"希望之光"，携带着生之使命，却奔向了死亡。

许多年前一个夏天的午后，我在印度的孟买参加中印作家会议。那天讨论会的主题，是关于泰戈尔的创作。在正式开会之前，印度的朋友，用一台手提录音机，在会场里播放了一首根据泰戈尔的诗歌所谱写的歌曲。在优美、质朴的歌曲声中，翻译小声地为我们将歌词译成了中文。

录音机里唱一句，她就翻译一句：

如果你在黑暗中辨不清方向

就请你拆下你的肋骨

点亮它,成为火把

照亮你前行的道路……

我抬头看了一下参加会议的国内同行,我发现很多人的眼中都噙满了泪水。在那一刻,我忽然意识到,在写作的道路上,作家和诗人一直在苦苦追索的唯一东西,就是光。用海德格尔的话来说,嵌入到作品中的那一缕特殊的光亮,就是美。被光所照亮的道路,就是艺术的真理。除了闪耀在作品中的幽微之光,文学之中不存在另外的美与真理。

17

佩涅洛佩沉浸在追忆和凝望中,在不停地编织那件永远不会完工的寿衣,也在编织她的祈祷、期盼和希望。她把布匹编了拆,拆了编,迫在眉睫的非存在威胁,就被她悬搁了起来。她的编织活动,由此成为一个小小的停顿,成为一个被嵌入布匹中的光亮所充溢,并无限延展的永恒"此刻"。

图书在版编目（CIP）数据

云朵的道路 / 格非著. -- 北京 : 北京十月文艺出版社, 2025. 6. -- ISBN 978-7-5302-2476-2

Ⅰ. I267.1

中国国家版本馆CIP数据核字第2025F7L066号

云朵的道路
YUNDUO DE DAOLU
格非 著

出　　版	北京出版集团 北京十月文艺出版社
地　　址	北京北三环中路6号
邮　　编	100120
网　　址	www.bph.com.cn
发　　行	新经典发行有限公司 电话 010-68423599
经　　销	新华书店
印　　刷	北京盛通印刷股份有限公司
版　　次	2025年6月第1版
印　　次	2025年6月第1次印刷
开　　本	850毫米×1168毫米 1/32
印　　张	6.5
字　　数	118千字
书　　号	ISBN 978-7-5302-2476-2
定　　价	49.00元

如有印装质量问题，由本社负责调换。
质量监督电话　010-58572393

版权所有，未经书面许可，不得转载、复制、翻印，违者必究。